MW01242698

El Mundo Sin Tiempo

Blue Jam

Título: El mundo sin tiempo

Número de registro del texto: 03-2018-101210534800-01 por Blue Jam.

Número de registro de las imágenes: 03-2018-121310475300-14

Y 03-2018-102311091900-14 por Blue Jam.

Escribe tu opinión sobre este libro al siguiente correo electrónico:

bluejammx@hotmail.com

Impreso en México, Octubre de 2019.

Segunda edición.

Para Jimena y Leslie,
imaginen, siempre imaginen.

Agradecimientos

Quiero expresar mi más sincera gratitud a todas aquellas personas que me acompañaron a lo largo del tiempo en el que escribí esta novela, especialmente a mis amigos Euforio Teshgüino y Luis Alberto Guardado Castellanos que me impulsaron a realizar esta obra. Agradezco a Leticia Gómez Martínez por todas las ocasiones en que me brindó su ayuda desinteresada y por tener tanta fe en mí; también agradezco a la escritora M.D. Ross por los sabios consejos que me proporcionó, a Isabel García por ayudarme con la redacción y a todas aquellas personas que incondicionalmente me manifestaron su ayuda y apoyo. Gracias a ustedes he podido terminar esta novela. Cada uno me ayudó en distintas ocasiones y espero que la vida siempre les sonría, de verdad no tengo más palabras para corresponderles la fé que demostraron.

Prólogo

Año **2040**.

El estado de la economía mundial, la sobrepoblación y la excesiva explotación de los recursos naturales han desatado una cadena de acontecimientos que han dado pie a la tercera guerra mundial. Se estima que más del 70% de la población ha muerto en combates o como parte de los daños colaterales. La mayoría de las personas eran jóvenes y niños.

Año **2044**.

Cuatro años de intensos bombardeos provocaron el aumento en la temperatura del planeta Tierra de manera considerable, lo que provocó el deshielo de los polos y a su vez el aumento en el nivel del mar, desapareciendo muchas ciudades costeras alrededor de todo el mundo. Al verse sometidos por la fuerza de la naturaleza los representantes de los países del mundo decidieron dar por terminada la guerra firmando un tratado de paz permanente con la promesa de trabajar juntos para el bienestar de la humanidad. En esta guerra no hubo ganador.

Año **2050**.

Han pasado seis años desde que finalizó la guerra. La población mundial está inmersa en decadencia ya que el 80% de los habitantes tienen más de sesenta años y se encuentran incapacitados para el trabajo, tanto por su edad avanzada como por las lesiones ocasionadas por la guerra. La falta de mano de obra, lleva a la mayoría de las empresas a la ruina, la economía se encuentra cayendo en picada peor incluso que al inicio de la guerra. La comida es escasa porque quedan muy pocos agricultores y ganaderos que pueden trabajar el campo ¡El caos ha comenzado!

Año **2052**.

Los representantes de todos los países del mundo se han reunido nuevamente, buscando una nueva alianza para acabar con la pobreza y la hambruna que azota a la población mundial, pero sobre todo para encontrar una solución al mayor problema de todos el cual es que, a consecuencia de la avanzada edad de los

pobladores, la tasa de mortalidad a nivel global es muy alta. Los representantes de manera unánime firman un acuerdo en dónde se comprometen a abrir las fronteras, desaparecer la ONU y formar una única nación mundial llamada **La Nueva Pangea**.

La Nueva Pangea estaría dividida en 4 confederaciones con libre acceso entre ellas, sin visas, pasaportes o aranceles.

El presidente de la nueva nación se eligió por medio de una votación democrática entre los representantes de las naciones ahora ya extintas, en dicha votación resultó electo el **General George Sanders**, un distinguido militar de 55 años de carácter recio, muy disciplinado, de estatura media, con algunas cicatrices de guerra en el rostro, su expresión facial parecía demostrar que no tenía sentido del humor. Una de las hazañas por la cual fue postulado como candidato a la presidencia fue haber demostrado su capacidad para poner orden y sobrellevar una crisis de la mejor manera ya que en la tercera guerra mundial salvó la vida de más de cincuenta mil soldados que estaban a su cargo. En esta ocasión deberá ayudar a la nación a encontrar un remedio para el problema de la avanzada edad de la población mundial, la pobreza, la falta de alimentos y escasa producción de energía eléctrica.

Se creó la nueva moneda mundial llamada **Pangero,** la cual serviría para realizar todas las transacciones financieras del nuevo orden financiero. La finalidad de la creación de una nueva y única nación global era la de ayudarse conjuntamente, combinando los conocimientos de todas las naciones.

Año 2070.

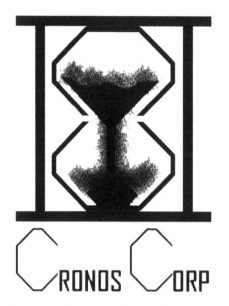

Tras 18 años de investigación científica nace la empresa **Cronos Corp.** financiada con recursos del gobierno. La nueva empresa ha informado que se encuentra desarrollando un procedimiento para rejuvenecer células y los científicos están listos para realizar pruebas en humanos. El presidente de la Nueva Pangea, George Sanders, se ofrece como voluntario en las primeras pruebas.

En una conferencia de prensa transmitida en toda la Nueva Pangea el presidente Sanders se dirigió a la nación con el siguiente discurso:

— ¡Buenos días habitantes de la Nueva Pangea!, me dirijo a ustedes con ilusión y esperanza, algo que no habíamos tenido por bastante tiempo– el presidente muestra una expresión de paz y tranquilidad. –Es cierto que hemos pasado por tiempos lamentables, momentos en que la palabra humanidad no significaba nada, más que una simple palabra en el diccionario– con una mirada muy seria sigue dirigiéndose a los habitantes de la Nueva Pangea. –Este planeta que alguna vez estuvo dividido por fronteras y prejuicios el día de hoy se ha unido y con la colaboración de los mejores científicos de la nación, hemos podido crear un remedio contra la tasa de mortalidad que hoy en día aqueja a la población, es el más importante de los problemas que nos hemos enfocado en solucionar, para esto, llevaremos a cabo algunas pruebas médicas, las cuales se realizaran en mi persona, el día 5 de marzo ejecutaremos dichas pruebas y de resultar positivas podremos dar por iniciada una nueva era en la que la humanidad podrá decir que gano la batalla contra el tiempo, ya que lograríamos rejuvenecer las células del cuerpo humano hasta obtener un cuerpo totalmente joven y por el motivo de que todos los experimentos tienen riesgos he dado la orden de que el primer ser humano en someterse a este procedimiento medico seré yo, ya que es mi responsabilidad cuidar a cada uno de los habitantes de la Nueva Pangea y si algo llega a salir mal podre cumplir con mi trabajo por una última vez, prefiero morir tratando de salvar a la humanidad a quedarme observando como un simple espectador –Una lagrima corre por la mejilla del presidente Sanders. –Pero, si llego a fallecer en este intento no lo lamenten y sigan adelante apoyándose unos a otros, la humanidad no puede olvidar su significado nuevamente.

1 mes después.

El día 5 de marzo, el Presidente George Sanders se somete a la primera prueba de rejuvenecimiento en humanos transmitida en vivo a nivel nacional. El procedimiento consiste en la aplicación de un suero creado a base de ADN humano extraído de células madre y mezclado con genes de la medusa *Turritopsis nutricula (un Hydrozoo* capaz de revertir su desarrollo pasando de una fase adulta a una juvenil en un ciclo de vida prácticamente infinito). El método comienza un proceso celular de rejuvenecimiento. Según fueran los años que se quiere rejuvenecer era mayor o menor la cantidad de suero a inyectar.

Después de la aplicación del suero, el paciente debe entrar a una capsula de vidrio, llena con un líquido de color rojo durante dos horas. Dicho líquido tiene la cualidad de dormir al paciente y permitirle reestructurar el tejido, además, le permite respirar pues al llenarse los pulmones con la sustancia los oxigena de manera directa sin necesidad de requerir mascarilla de oxígeno.

Una vez dormido el paciente, una carga eléctrica constante es dirigida de la capsula al cuerpo del paciente con la finalidad de que las células absorban el suero inyectado y se transformen en células jóvenes por medio del proceso celular de rejuvencimiento. Cabe resaltar que el procedimiento es totalmente indoloro.

Al finalizar la prueba del presidente George Sanders se abre la cápsula y el resultado es ver salir al Presidente con la apariencia física de cuando tenía 40 años, edad a la cual el decidió rejuvenecer ya que considera que fue su mejor época, tanto física como mental, ha rejuvenecido 33 años en su apariencia física en tan solo 2 horas que duró el procedimiento.

Al día siguiente después de que la nación entera ha quedado sorprendida con la prueba realizada, el Presidente George Sanders da una conferencia exclusiva para el periódico The Spy en la cual establece un decreto que permite que todas las personas que así lo quisieran tendrán su primer rejuvenecimiento totalmente gratis. La decisión del presidente Sanders no es aceptada por la empresa Cronos Corp, la cual exige un pago por cada persona que fuera rejuvenecida, ya que no cuenta con los recursos necesarios para poder rejuvenecer a todas las personas de la nación. Acontecido esto, el presidente George Sanders ordena que el gobierno se haga cargo de todas las operaciones de Cronos Corp, dichas operaciones serán pagadas con dinero del gobierno. Así de esta manera el presidente de La Nueva Pangea se convierte al mismo tiempo, en el director general de la empresa Cronos Corp.

Año 2071

Todas las personas de La Nueva Pangea son rejuvenecidas a la edad "aparente" de cuando tenían 21 años de edad. Se establece que la edad mínima ha rejuvenecerse será la de 21 años de edad y no tendrá costo alguno. La finalidad es que las personas puedan reproducirse nuevamente para repoblar la tierra y así tener mano de obra en todos los sectores que lo necesitan.

Cada año, durante 10 años todas las personas serán rejuvenecidas hasta la edad aparente de 21 años sin costo, pero a partir del 11vo año cada persona pagara la cantidad de 10 mil Pangeros, lo correspondiente al pago de salario por tres semanas de trabajo de una persona promedio. También se propuso como opción, para aquellos que así lo desearan, de envejecer a ritmo natural, sin embargo, si las personas envejecían por encima de los 30 años y de nuevo se querían rejuvenecer las tarifas podían aumentar por arriba de los 16 mil Pangeros por cada año que quisieran rejuvenecer.

A causa de éstos hechos se formularon nuevas leyes, por ejemplo: se exigió que todas las personas, en su identificación, mostraran su edad biológica y su edad aparente. Además, se promulgó la construcción de cuatro mega plantas nucleares, una en cada confederación. Cada mega planta nuclear tendrá la capacidad de satisfacer las necesidades de energía de toda una confederación y entre las cuatro podrán satisfacer las necesidades energéticas de La Nueva Pangea, pero sobre todo la gran demanda de energía que tiene Cronos Corp. para poder seguir rejuveneciendo a las personas que actualmente viven, así como también a las próximas generaciones.

Año 2075

Los científicos de La Nueva Pangea han detectado irregularidades en los campos electromagnéticos de la tierra, así como en las partículas cargadas procedentes del sol lo que ha provocado que diversas auroras puedan ser vistas alrededor del mundo los 365 días del año, sin embargo, no representa peligro para la humanidad.

Año 2076

A inicios del año se anunció como vocera oficial de la presidencia a la exitosa Directora en jefe del periódico The Spy "Carol Smith" con lo cual se pretende dar mayor rapidez en el comunicado de las noticias más trascendentales, el primer comunicado de Carol Smith es la conclusión exitosa de las obras de construcción de las cuatro mega plantas nucleares, sin embargo, unos meses después el presidente George Sanders personalmente informa en una transmisión de televisión en vivo sobre un accidente en una de las mega plantas nucleares, ubicada en la Confederación 4 la cual ostentaba ser la más grande de todas, durante la transmisión el presidente hace un llamado a las personas de toda la Nueva Pangea ya que el daño que ha sufrido la mega planta nuclear es de magnitudes catastróficas provocando la propagación de material tóxico por toda la Confederación 4.

—Hago un llamado a la unidad, ya que en este difícil momento he decidido dar la orden de evacuar toda la confederación 4 además, de que las personas que ahí viven sean repartidas en las otras 3 confederaciones, estamos dando nuestro máximo esfuerzo para contener y evitar la propagación del material tóxico a las 3 confederaciones restantes y lamentablemente tendré que declarar a la confederación 4 como zona de contaminación radioactiva, prohibiendo el ingreso a todos los civiles, se construirá un muro alrededor del área de la confederación 4 y será vigilado por los militares como medida preventiva para que ningún civil se llegue a contaminar con radiación y que después la propague en las confederaciones. Cualquier intento de violación a dichas reglas lamentablemente se castigará con la pena de muerte inmediata, por lo que invito a todos aquellos intrépidos aventureros que piensen en introducirse en la zona de contaminación a que no lo hagan. —El presidente termina el informe con un gesto de tristeza.

Algunos meses después del accidente y una vez que terminaron de repartir a los habitantes en las distintas confederaciones, la vocera oficial Carol Smith transmite algunas escenas del recuento de los daños en los que se puede observar a las fuerzas militares apoyando en todo momento a la población.

Año 2150

Los años han pasado y La Nueva Pangea se ha repoblado. El trabajo es abundante, las personas son felices puesto que envejecer ha dejado de ser un problema. Los habitantes de la Nueva Pangea gozan de libertad para poder viajar a cualquier destino, exceptuando a la confederación 4 ya que sigue siendo territorio contaminado, todos ganan sueldos justos y la próspera economía permite acceso a niveles de vida insospechados hasta entonces, también se vive una paz como nunca se había visto. Sin embargo, algo está a punto de arrebatarles la tranquilidad a los habitantes de la Nueva Pangea.

Capítulo 1
Jack Blair

— ¡Blair! ¡Jack Blair!, ¡despierta! —Exclamó una aguda voz femenina bastante enfurecida. —has estado muy desconcentrado últimamente ¿te encuentras bien? —Al abrir los ojos Jack distinguió una silueta borrosa de una mujer de estatura media y tez morena clara, vestida de manera elegante, al recuperar totalmente el enfoque de su vista Jack se percató que se trataba de Carol Smith la directora en jefe del periódico The Spy.

— ¡Discúlpame Carol!, estoy bien es sólo que he estado desvelándome pensando en lo que ha pasado estos últimos días y en la manera de como aligeraremos la noticia para que las personas de las confederaciones 1, 2 y 3 no se molesten. —Se denotaba un claro gesto de angustia y cansancio en el rostro de Jack.

—Ya veo, así que es por ese motivo que te veo muy cansado. —Respondió Carol mientras miraba a Jack con una sonrisa y un gesto de molestia al mismo tiempo. —No obstante, si lo ves desde una perspectiva positiva, la medida que ha tomado el presidente George Sanders es algo necesario, hay una sobrepoblación como no se había visto desde el año 2040. Si esto sigue así, los recursos no serán suficientes para todos. Recuerda lo que sucedió ese año, fue algo terrible y es algo que nadie quiere volver a repetir, por esa razón es que el presidente ha tomado una medida algo radical — Carol miró fijamente a Jack para saber si estaba obteniendo toda su atención y que efectivamente estuviera concentrado, mientras Carol hablaba no perdía tiempo y rebuscaba entre una pila de documentos las noticias para la edición del día siguiente, ella sabía que el día estaba por finalizar y que no podía desperdiciar un solo segundo, desde la ventana de la oficina se lograba observar el ocaso a punto de concluir. —No te distraigas solo con esa nota Jack, recuerda que debemos redactar más notas por ejemplo: los misteriosos incendios que están ocurriendo sin explicación aparente en las diferentes confederaciones, el décimo aniversario de las misteriosas súper tormentas eléctricas, así como de la destrucción de la torre Eiffel tras caerle un rayo el mismo día que comenzaron las tormentas eléctricas, las auroras que este año cumplen setenta y cinco años sin parar, sin que todavía descubramos que las está provocando además, no te olvides del gran número de personas desaparecidas, es algo terrible. Pareciera que la tierra se las ha tragado. ¿Me estas escuchando, Jack? —Sin embargo, la mirada de Jack estaba perdida, mirando el ocaso a través de una ventana, de nueva cuenta comenzó a escuchar la voz de Carol como si ella estuviera muy lejos.

—Sí, te estoy escuchando Carol y tienes razón. —Contestó Jack algo distraído, mientras jugaba con su lápiz en el escritorio.

—Bueno, creo que ha sido suficiente por hoy. —Suspiró Carol al tiempo que se levantaba de su asiento y declaraba terminada la reunión.

Después de un largo día de trabajo en el periódico The Spy, Jack se dirigió, no muy convencido, a su primer día de terapia grupal, se trataba de un tratamiento para aquellas personas que habían perdido a un ser querido, fue tanta la insistencia de su mejor amigo Anthony Wood, que no tuvo más remedio que aceptar la invitación. Estaba anocheciendo y el aire era un poco helado, razones por las cuales Jack pensó repetidamente en no asistir, sin embargo, no detuvo su caminar y se dirigió con dirección a la terapia. Al llegar al lugar, se quedó de pie observando la entrada con arrepentimiento «Creo que fue tonto aceptar la invitación de Anthony, mejor me iré».

Jack se disponía a retirarse del lugar, no obstante, al dar la media vuelta y avanzar dos pasos apareció Anthony, quién con una sonrisa y una palmada en la espalda lo animó a cruzar la entrada, casi forzándolo. —Anthony Wood era un hombre alto, bien parecido con rasgos de lo que anteriormente solía ser Europa del este, de complexión atlética musculoso, tenía algunas cicatrices en los brazos, sin embargo, una de esas cicatrices es especial ya que le recordaba la vez que Jack le salvó la vida, cuando combatían juntos en el campo de batalla durante la tercera guerra mundial, en aquel entonces una esquirla de una bala le perforó una vena del brazo derecho, provocando que la sangre de Anthony brotara sin parar, no obstante, Jack rápidamente le aplicó un torniquete en el brazo para evitar que se desangrara, a partir de ese momento se hicieron mejores amigos.

Al entrar se percataron de que la sesión ya había comenzado por lo que caminaron sigilosamente, tratando de alcanzar las sillas vacías más cercanas, procurando no interrumpir, sin embargo, a pesar de que el auditorio era bastante grande y oscuro, no contaban con que el terapeuta los estaba observando.

— ¡Hola que tal nuevo amigo! Adelante, pasa y toma asiento. Tú también puedes tomar asiento Anthony. —Dijo el terapeuta e invitó a Jack a presentarse.

—Dinos ¿quién eres?, ¿dónde trabajas?, ¿cuál es tu edad biológica y tu edad aparente? por último, si lo deseas puedes contarnos el lamentable suceso que te ha traído a este lugar.

—Ehm… ¿Me está hablando a mí? —Preguntó Jack un poco nervioso y después de recibir una respuesta afirmativa comenzó su presentación.

—Hola buenas noches, mi nombre es Jack Blair mi estatura es de 1.75 metros, podría decir que es una estatura media, soy de tez clara y ojos negros, mi cabello es corto y de color negro soy delgado, en el pasado fui militar, trabajé en distintas corporaciones privadas de investigación y soy adicto al Crofee.

—Espera, eso no es lo que te pedí —Dijo el terapeuta con voz tranquila y una sonrisa en su rostro. —Pero no te preocupes tu descripción les servirá a nuestros invitados invidentes que hoy nos acompañan.

— ¡Lo siento, estoy un poco nervioso!, nunca antes había hecho esto. —Dijo Jack mientras agachaba la cabeza.

—Trataré de comenzar de nuevo; mi nombre es Jack Blair, trabajo en el periódico The Spy. Soy periodista desde hace bastante tiempo, mi edad biológica es de 121 años y mi edad aparente es de 27. El suceso que me ha conducido aquí esta noche con ustedes es… «¡Papá ayúdame por favor no me sueltes…!» –Un recuerdo provoco que Jack se quedara callado en medio de su presentación, con un gesto de tristeza.

—Jack, ¿Pasa algo? de repente te quedaste callado. —Dijo el terapeuta, mientras se acercaba caminando lentamente en dirección a Jack.

—Estoy bien, es solo que ha sido un día algo cansado para mi ¿está bien si lo dejamos así por ahora? —Jack se sentó cubriéndose el rostro con las palmas de las manos ya que sentía que el auditorio y los espectadores comenzaban a girar alrededor de él.

—Está bien Jack te entiendo. Démosle un fuerte aplauso a Jack —Pidió el terapeuta.

Al final de la sesión, Anthony se reunió con su amigo exhibiendo una gran sonrisa. Por un momento se detuvo a observar a Jack y le dijo:

— ¡Gracias por haber venido!, la verdad pensé que no asistirías. Me da mucho gusto que aceptaras mi invitación. –Anthony continuó hablando mientras tocaba su frente, fruncía el ceño y hacía una ligera mueca que denotaba dolor.

—Te noto algo raro Anthony ¿te sientes bien?

–Si ahora iré a descansar a mi casa solo me duele mucho mi cabeza comencé con este dolor desde la última vez que me rejuvenecí.

–Deberías de hacerte algunos estudios médicos. No es la primera vez que te noto así. Podría convertirse en un problema de gravedad, sino te atiendes rápido.

— ¡Gracias por preocuparte Jack!, Tengo que ir de nuevo a rejuvenecerme en una semana, aprovechare la visita y les comentare sobre mis dolores intensos de cabeza para saber si es normal ya que nunca me había pasado eso, al principio lo deje pasar porque imagine que era un efecto secundario de la última vez que me rejuvenecí, pero ya son repetidas ocasiones en las que me da este dolor intenso, tal vez me vea de 21 años, pero el día de hoy me siento de 122 años que es mi edad biológica y tú ¿qué vas a hacer ahorita Jack?

—También iré a descansar. Mañana me espera un largo día de trabajo, al parecer quieren enviarme a la confederación 2 para investigar el asunto de los incendios además, tengo que presentar una noticia importante que ha emitido el presidente de la nación y que no le gustará a la mayoría de las personas. —Jack se mostraba preocupado por su amigo. —Es hora de retirarme Wood, te veo la próxima semana, hazme caso y atiéndete.

—Cuídate Blair y una vez más gracias por asistir el día de hoy. —Anthony trataba de mostrar su mejor rostro a Jack para evitar que se preocupara por él.

Después de algunos minutos de haberse despedido de Anthony, Jack caminó por un callejón largo y con poca luz, en ese momento logró percatarse del sonido de unos pasos que lo seguían muy de cerca, cuando Jack se disponía a dar la media vuelta para observar a quien lo estaba siguiendo, es sorprendido por un joven, era un chico de cabello rizado, delgado, tez blanca, de la misma estatura de Jack, utilizaba anteojos que le daban un aspecto intelectual y estaba vestido de manera elegante.

—Hola, ¿cómo estás? —Preguntó el chico extendiendo la mano con tal soltura que pareciera conocer a Jack desde hace mucho tiempo. —Ignorando quien era aquel chico y lo extraña que resultaba la situación, Jack decidió no tomar la mano de aquel joven que lo había interceptado.

¿Quién eres, por qué apareces de sorpresa y que quieres? —Espetó Jack con sorpresa y ligeramente asustado por la repentina aparición.

— ¡Jajá! Tranquilo, no te asustes. Soy un admirador tuyo. Me encantan tus historias en The Spy. Aunque no lo creas he estado tratando de localizarte desde hace bastante tiempo.

«Me parece haber visto antes a este chico en algún lugar» —Pensó Jack mientras escuchaba al joven misterioso.

— ¿Con qué finalidad me has tratado de localizar? —Preguntó Jack mientras esbozaba un gesto de preocupación.

—Antes que nada permíteme unos segundos para presentarme. —Dijo el muchacho.

21

—Mi nombre es Oliver Walcott, tengo 18 años y a diferencia tuya nunca me he rejuvenecido, mi edad es real y es la única que tengo. Estoy estudiando para convertirme en un gran reportero como tú, y debo admitir que mis conocimientos hackeando servidores me son de gran ayuda. He logrado descubrir e investigar cosas que ni siquiera tú te puedes imaginar, por ejemplo: hace unos días escuché un rumor sobre la confederación 4, pero no te diré nada hasta que aceptes trabajar conmigo. —Finalizo su presentación Oliver con gran entusiasmo.

— ¿La confederación 4 has dicho? —Pregunto Jack entre risas.

—Puedes quedarte con tu información, en la confederación 4. Sólo hay radiación desde aquella explosión de la mega planta nuclear, así que Oliver ¿así dijiste que te llamas verdad?, te recomiendo que no hagas caso de los rumores si vas a hacer carrera de periodista, aprende a tener fuentes confiables y no te bases en rumores fantasiosos.

Cuando hubo terminado de hablar, Jack se dio la media vuelta y continuó su camino, no había avanzado mucho cuando Oliver le dio alcance y nuevamente lo detuvo tomándole del hombro.

—Esta es mi tarjeta de presentación. Consérvala y si algún día me crees o me necesitas búscame, podemos ser un buen equipo trabajando juntos. —Finalmente Oliver se despidió de Jack con una sonrisa.

Al llegar a su casa Jack se recostó en la cama pensando en descansar solo un poco antes de cenar, pero casi al instante se quedó totalmente dormido.

Al día siguiente Jack se despertó lamentándose «¡Rayos! No puede ser, me quede dormido sin haber cenado, ¡Qué hambre tengo!» Mirando el reloj se dijo para sí «es tarde para desayunar. Tengo que irme ya, si es que quiero llegar a tiempo al trabajo, de camino me tomaré un Crofee y comeré un postre»

Sin perder más tiempo Jack se cambió de ropa apresuradamente y salió de su casa con dirección a su trabajo. Logró llegar al periódico con tan solo cinco minutos de retraso, pero la primera sesión de la mañana con los editores y los investigadores ya había comenzado, así que muy avergonzado decidió abrir la puerta interrumpiendo la sesión.

—Lo siento Carol. Sé que he llegado tarde. —Dijo Jack mientras trataba de recobrar el aliento y un poco sonrojado. Sus compañeros le miraban con enojo. Con una fuerte exhalación de aire y tocando su frente, Carol miró a Jack y le dijo:

—Te estábamos esperando Jack, estamos tratando de resolver cómo publicaremos la noticia sobre la nueva ley que estableció el presidente. Creemos que deberíamos comunicarlo de la manera más sencilla y real posible.

— ¿Me puedes poner al día con los resultados por favor? —Carol, un poco enfurecida tomó las hojas que habían redactado entre todos y comenzó a leer.

—El presidente George Sanders dijo en conferencia exclusiva para el periódico The Spy que a partir del día 1ro de Julio del presente año, todos los ciudadanos que cuenten con 40 años biológicos cumplidos deberán rejuvenecerse obligatoriamente y aplicarse un tratamiento anticonceptivo permanente, como medida preventiva al combate a la sobrepoblación además, el presidente realizo la siguiente declaración: —Nos vimos en la necesidad de tomar medidas extremas y elegimos este remedio porque las personas dejaron de morir a pesar de su avanzada edad y año tras año siguen naciendo más, si no hacemos nada al respecto los recursos naturales no serán suficientes para todos los habitantes de la Nueva Pangea, es por eso que se tuvieron que tomar medidas extremas.

— ¡Gracias Carol! —Dijo Jack mientras mostraba un gesto de tristeza y abandonaba la sala de juntas. —Carol se quedó muy confundida con el actuar de Jack por lo que decidió no decirle nada en ese momento.

Al día siguiente, la noticia se publicó y se esparció por todas las confederaciones, provocando una gran inconformidad ante la nueva ley. Uno de los principales inconformes era Jack Blair.

«Aún tenía la esperanza de tener un hijo más» –Pensó Jack mientras leía por doceava ocasión el amargo titular en un ejemplar que colgaba exhibido en un puesto de revistas callejero.

Jack nunca se quejó, a pesar de su inconformidad, pero cayó en una fuerte depresión. Fue tan grande su abatimiento que Carol notó que ya no sólo bebía un Crofee al día, sino que ya se tomaba tres o más para intentar calmar su ansiedad. A pesar de que el Crofee era una bebida muy común entre los habitantes de la Nueva Pangea no se recomendaba tomar más de 1 taza al día, ya que contenía altas dosis de cafeína, azúcar, taurina y extracto de genes de la *Turritospis nutricula*. Fue entonces que se le ocurrió que un viaje podría distraerlo y decidió enviarlo a la confederación 2, con la consigna de investigar los incendios que continuaban originándose de forma misteriosa en ese lugar.

Al día siguiente, Jack emprendió su viaje a la confederación 2, eligió viajar por medio de los nuevos trenes bala subterráneos, que llegaban de la confederación 1 a la 2 en tan solo dos horas. Eran trenes de última generación con un diseño totalmente aerodinámico y vanguardista, con solo verlo podías sentir las ganas de viajar recorriendo todo tu cuerpo, los trenes viajaban por túneles a los que se les había sacado por completo el oxígeno creando un vacío en el que no existía la resistencia al viento, por lo que la velocidad aumentaba considerablemente. Sin embargo, a la vista de Jack le parecía solo un simple tren, incluso parecía que les faltaba color. «¿Así que, con solo verlo sentiría las ganas de viajar? Ehm, eso solo era simple mercadotecnia» –Pensó Jack, realizando una mueca de desagrado mientras pagaba su boleto en la taquilla. Durante el viaje decidió dormir para reponer energías y que al llegar a la Confederación 2 pudiera investigar inmediatamente. Así, sin mayores dificultades, Jack llego a la confederación 2.

Durante cuatro días Jack investigó sin descanso, incluso fue a cada punto donde habían ocurrido los misteriosos incendios y descubrió que en cada lugar las ciudades estaban calcinadas en su totalidad. «¡Qué raro!, nunca había tenido información de que un incendio pudiera consumir toda una ciudad, sin embargo, estoy viendo este patrón en repetidas ocasiones.» –Fue hasta la noche del quinto día que decidió interrumpir su trabajo un poco y llamar con su holográfono a su amigo Anthony. «Lo llamaré antes de que salga a su cita a Cronos Corp.»

Jack se encontraba en un área donde todo había sido devastado por el fuego incluso las antenas de comunicaciones, por lo que el holográfono tardo más de lo normal en conectar la llamada, sin embargo, minutos más tarde, por fin vio una cara jovial y conocida después de tanto tiempo, no obstante, en esta ocasión Anthony se veía un poco desmejorado. – ¡Wood Debes de atenderte no te veo con buena salud! –Dijo Jack un poco preocupado y después de intercambiar algunas palabras en una conversación muy amena, tocaron el tema de la nueva ley que incluía el tratamiento anticonceptivo permanente. – ¿Cuál es tu opinión Anthony?, ¿no te molesta esta nueva ley? –Anthony respondió con un tono despreocupado:

    —Creo que la nueva ley a mí no me molesta, nunca me ha interesado la idea de tener hijos. No veo porque pueda cambiar mis ideales y que después desee tener hijos. Lo que me preocupa es que estos días me ha dolido la cabeza como nunca. También me parece haber sentido que alguien ha estado siguiéndome a todas partes, pero cuando volteo no hay nadie. Tal vez estoy alucinando por estos dolores de cabeza. En este momento estoy a punto de salir a mi cita a Cronos Corp. así que, te veré cuando regreses de la confederación 2 y nos tomaremos unos Crofees. ¿Te parece bien Blair?

    —Está bien Anthony suerte en tu cita y ojalá que tus dolores de cabeza desaparezcan. —Respondió Jack y apagó el holográfono.

Después de terminar la llamada, Jack se dirigió a descansar para estar fresco y poder seguir investigando a fondo.

Capítulo 2
Los incendios

— ¡Papá! ¡Ayúdame! por favor no me sueltes.

—Sujétate fuerte Joshua. No te soltaré, lo prometo.

— ¡Papá!...

¡Jack brinca de la cama tan fuerte que cae al suelo!, sudando y con la respiración agitada.

«De nuevo esa horrible pesadilla»

Jack intentó tranquilizarse y poco a poco logró estabilizarse.

«¿Qué hora será?» –Se preguntó y miró el reloj.

«Las 9 de la mañana. Creo que ya es hora de empezar el día, tengo que averiguar qué está pasando y qué o quién está provocando los incendios»

Posterior a desayunar, Jack se dirigió al lugar en donde se reportó el primer incendio. Era una aldea pequeña ubicada en la región norte de la confederación y de la cual solo quedaban las cenizas.

«Parece que nada se salvó aquí tampoco, el incendio fue de gran magnitud» –Se dijo mientras observaba los restos de las casas que habían quedado hechas escombros. Diseminados por la lúgubre escena se advertían fragmentos chamuscados de juguetes que volvían el cuadro aún más triste, Jack levanto uno de esos juguetes quemados y no pudo evitar que una lagrima corriera por sus mejillas mientras continuaba observando las ruinas de lo que unos días antes era una pequeña aldea.

«Puedo notar la desesperación y el pánico de los habitantes. Parece que el incendio comenzó súbitamente y de un momento a otro ya estaba todo en llamas» –Continuó caminando por la aldea y se internó en los despojos de lo que parecían haber sido viviendas. Hay casas que a pesar de estar quemadas en su totalidad aún conservaban objetos personales de sus habitantes. No alcanzaron a llevarse nada.

«Pero, ¿qué es esto?» —Se inclinó para mirar unas marcas en la tierra que tenían todo el aspecto de ser huellas de llantas.

Por la experiencia que obtuvo cuando era militar, supo de inmediato que esas huellas fueron dejadas por un vehículo de uso militar. Sin embargo, en sus reportes no figuraba información de que los militares hubieran ayudado a los damnificados»

Siguió recorriendo la aldea y debajo de un vehículo calcinado encontró un casco militar junto con una placa de identificación. El nombre no estaba muy legible, pues estaba un poco derretido. Sólo se lograba distinguir las palabras "Tte. Sherman M." Mientras intentaba unir los cabos sueltos con la información que hasta el momento había logrado obtener. Distinguió la silueta de una persona que observaba sus movimientos a lo lejos, entre unos arbustos quemados.

Con pasos sigilosos. Jack comenzó a acercarse un poco, pero no vio en su camino una pieza metálica que le cortaba el paso y sin darse cuenta, tropezó con el metal provocando bastante ruido. Inmediatamente aquella silueta salió corriendo.

— ¡Espera, no corras! —Sin pensarlo, Jack fue detrás de la figura para ver si lograba obtener respuestas. La persecución a pie se mantuvo por un largo tiempo. Corriendo entre maleza, Jack no lograba distinguir a quién perseguía; no fue hasta que llegaron a otra aldea cuando por fin le dio alcance y, como si fuera un león cazando a su presa, Jack se abalanzó y logró detener a su observador. Inmediatamente Jack comenzó a hacerle algunas preguntas:

— ¿Quién eres?, ¿por qué estabas en ese lugar observándome?, ¿por qué huiste?

— ¡Por favor, no me lastime señor!, no he hecho nada malo, déjeme ir. —Le suplicó un pequeño niño llorando, mientras Jack lo sujetaba fuertemente del brazo.

—Lo siento, no quería lastimarte, perdóname si lo hice. Sólo estoy buscando respuestas. ¿Tú sabes que le pasó a la aldea donde me viste?

«Ahora que la veo, esta aldea no aparece en mi mapa» Jack observó muchas viviendas construidas con métodos muy rústicos, utilizando hojas y palos.

— ¿Sabes por qué esta aldea no aparece en el mapa? –Continúo preguntando Jack algo exaltado.

— ¿No te parece que son muchas preguntas para un niño? –Preguntó una extraña voz masculina y de tono grave que provenía detrás de Jack —Aléjate de ese niño lentamente ordeno aquel hombre de voz grave.

Jack sintió la punta filosa de un objeto clavarse con firmeza en su espalda. Inmediatamente soltó el brazo del chico y levantó las manos para mostrar que estaba desarmado.

—Ahora, tú serás el que responda. ¿Quién eres?, ¿quién te envió? y ¿qué haces aquí? –Pregunto aquel extraño sujeto de voz grave.

—Lo siento, ya le expliqué al niño que no era mi intención lastimarlo, solo estoy en busca de respuestas. Mi nombre es Jack Blair, soy reportero y trabajo para el periódico The Spy de la confederación 1 —Contestó mientras giraba lentamente su cabeza tratando inútilmente de ver quién estaba detrás de él.

— ¿Has dicho que eres periodista?

—Si lo soy. Ahora, por favor ¿puedes quitar ese cuchillo?

—Aún no… Sin embargo, si estás diciendo la verdad quizá puedas ayudarnos. –Inmediatamente después aquel hombre vendó los ojos de Jack y lo encamino a la plaza central de aquella pequeña aldea, al llegar le retiro la venda que cubría sus ojos y de manera muy borrosa Jack comenzó a visualizar a un hombre que estaba frente a él, era un hombre alto sin camisa, de tez blanca, con la cabeza rapada, con una barba grande pelirroja y algunas marcas de quemaduras por todo su cuerpo. También alrededor podía observar a una pequeña multitud de personas, de las cuales notablemente emanaban miedo y se reflejaba en sus rostros.

—Mi nombre es Walter y junto con las pocas personas que puedes ver a tu alrededor formamos esta pequeña aldea a la que nombramos Escarlata, somos sobrevivientes de los incendios que han ocurrido en la confederación 2, voy a bajar el cuchillo, pero no se te ocurra hacer alguna tontería. —Aún con mucha desconfianza en el rostro de Walter este decide dejar de amenazar a Jack.

—Pero, se supone que no hubo sobrevivientes en ninguna de las aldeas ¿cómo es que ustedes llegaron aquí? —Preguntó Jack extrañado.

—Eso les hicieron creer a todas los habitantes de La Nueva Pangea, no obstante, yo soy un sobreviviente de la primera aldea que fue consumida por el fuego. Todo ocurrió en un día como cualquier otro, las personas trabajaban, jugaban, se divertían y por la noche, cuando todos dormían, inició el fuego. Yo padezco de insomnio desde que fui a rejuvenecerme a Cronos Corp. hace un año. Al no poder dormir salí a mi terraza para admirar un momento las estrellas. En ese momento, al mirar el cielo vi una luz muy intensa que se dirigía a la tierra; como si una estrella se viniera abajo. Después noté que no sólo era una luz, eran muchas luces de fuego que al final terminaron estrellándose en nuestra aldea y arrasaron con todo.

—Junto con mi esposa escapé lo más rápido que pude, pero una de esas luces de fuego cayó sobre ella, provocándole una muerte inmediata. Continúe corriendo hasta que me encontré en este lugar, entonces deshabitado. Aquí permanecí asustado, con serias quemaduras en mi piel y sin saber qué hacer. Pasé un día completo aquí y después volví a mi aldea para ver si encontraba más sobrevivientes. Al regresar pude ver movimiento de personas. Por un momento me alegré pensando que había muchos sobrevivientes, pero al acercarme lo suficiente vi a unos hombres con trajes especiales llevándose a la fuerza a los pocos que habían sobrevivido, fue entonces que me di la vuelta y regresé a este lugar. Me escondí durante una semana.

—Una noche mientras lloraba desconsolado vi las mismas luces dirigiéndose a otra aldea, así que me propuse rescatar al mayor número de sobrevivientes posibles y traerlos a este lugar, pero cuando llegué había demasiados heridos y no pude traerlos a todos. Después de un día los mismos hombres volvieron a aparecer llevándose a los sobrevivientes de esa aldea. Pasó lo mismo semana tras semana. En cada aldea era una situación similar una lluvia de estrellas de fuego seguida de hombres con trajes especiales que se llevaban a los sobrevivientes que encontraban. En el último incendio partimos lo más pronto posible y pudimos ver de nuevo a los hombres con traje, pero esta vez logre ver un símbolo en sus trajes y en algunas hojas de papel que tenían. Con mucho cuidado me escabullí para robar una de esas hojas y cuando por fin logré tomarla uno de esos hombres me vio. Corrí lo más rápido que pude. Desafortunadamente en mi huida me tropecé y caí sobre muchas cenizas, el papel se rompió y se manchó por lo que sólo me quedo un pedazo del papel que originalmente había robado en él se pueden observar algunos trazos, pero no se puede distinguir lo que dice.

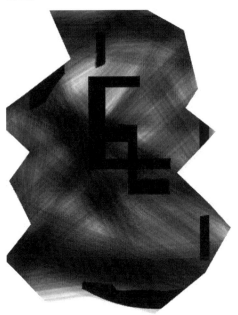

—He tratado de encontrar a los culpables de estas atrocidades, pero de repente los incendios se propagaron por todas las confederaciones y este pedazo de papel no me dice nada. Tú eres reportero, debes dar a conocer al mundo esta noticia para que encuentren a los culpables deben pagar por estos crímenes. —Le dijo llorando Walter al recordar a todas las personas que había perdido en el incendio de su aldea, incluida su esposa.

—Quédate con el papel, lo necesitarás. También puedes quedarte todo el tiempo que necesites, aquí te brindaremos la información y los suministros que precises. —Finalizó Walter.

En ese momento Jack sintió que la gran depresión que lo acongojaba se desvanecía y enseguida afirmo con la cabeza mientras sujetaba el papel que Walter le ofrecía. Decidió quedarse en la aldea para obtener mayor información de todos los aldeanos.

Así pasaron tres semanas, Jack se sentía muy agradecido con toda la aldea Escarlata por la ayuda y la información que le brindaron, así que les prometió que haría lo posible para ayudar a encontrar a quien estaba provocando los incendios. Antes de irse intentó llamar a Anthony para pedirle el gran favor de recogerlo en la estación del tren, sin embargo, Anthony nunca respondió la llamada.

«Qué raro» —Pensó Jack, «Intentaré llamarlo de nuevo en cuanto llegue. Ya quiero tomarme ese Crofee que me invitó». —Ese mismo día partió con rumbo a la confederación 1, no obstante, en esta ocasión al llegar al tren, se quedó sorprendido al ver su belleza y todos los detalles que anteriormente había omitido. «¡Wow! ¿De verdad es el mismo tren en el que llegue aquí?» —Se preguntó mientras seguía observando detalladamente el tren. Por el sonido ambiental anunciaron la partida del tren con destino a la confederación 1, aunque al estar distraído observando el tren, no escucho el anuncio y fue hasta la tercer y última llamada que Jack se percató que estaba a punto de perder su oportunidad de abordar, por lo que apresuradamente se dirigió a la zona de abordaje y pudo emprender su viaje sin mayor problema.

Al llegar a la confederación 1, llamó nuevamente a su amigo Anthony, pero de nuevo no respondió. «Tendré que irme solo, después lo buscaré. Por ahora tengo que ir al periódico para redactar la nota que he logrado obtener» El entusiasmo había regresado a su rostro.

Al entrar a las oficinas de The Spy, Carol le preguntó a Jack qué tal le había ido en su investigación.

—La investigación fue todo un éxito, encontré algunas pistas que podrían dar con el paradero de quién o qué provoca los incendios. —Expreso entusiasmado, mientras le daba un abrazo a Carol, como si de un agradecimiento por haberlo enviado se tratara.

—Que gusto saberlo. —Respondió Carol al tiempo que separó a Jack. —Sabes que no me gustan los abrazos y cambiando de tema, en estos días ha sobresalido otra noticia que debemos investigar, la cual es...

— ¡Espera Carol!, dame este día para organizar todo y mañana me pongo al corriente con la nueva nota ¿te parece bien?

—Está bien Jack, pero mañana te quiero concentrado al 100% para esta nota.

Cayó la noche y llegó la hora de salir de trabajar. Jack recordó que tenía un amigo que trabajaba en un laboratorio fotográfico al cual decidió enviarle la hoja que le había dado Walter, para que la analizara y la restaurara; tal vez así podría conseguir más pistas sobre los incendios. Después recordó haber prometido beber unos Crofees junto con Anthony, por lo que intentó llamarlo una vez más, sin embargo, de nueva cuenta no contestó.

«Qué raro, sigue sin contestar» —Pensó mientras miraba su holográfono caminando rumbo a su casa.

«Ya sé lo que está pasando Anthony debió haber cambiado de número y se le olvidó decirme, es muy típico de él. Mejor iré a buscarlo directamente a la terapia grupal, seguro lo encontraré ahí. Compraré unos Crofees y llegaré de sorpresa, él debe pensar que sigo en la confederación 2»

Jack cambio el rumbo y compró unos Crofees; después se dirigió caminando a la terapia grupal. En su camino escuchó sonido de un silbato, e inmediatamente sintió un dolor agudo en su tímpano como si de cuchillos atravesando su cabeza se trataran, recordándole la vieja herida de batalla que lo había marcado de por vida, el dolor fue tan intenso que perdió el equilibrio y cayó de rodillas al piso, derramando los Crofees con los que pretendía sorprender a Anthony.

— ¡Jack! ¿Estás bien? ¿Te sucede algo? —Con su mirada aún dirigida al piso Jack observó unos pies con calzado reluciente que se postraron frente a él. Se trataba de Oliver quien extendió su mano para ayudar a Jack a levantarse.

—Estoy bien, solo que hace mucho tiempo sufrí una herida en el tímpano de mi oído derecho y cuando escucho sonidos agudos como el sonido de un silbato me duele mucho la cabeza al punto que se atrofia mi sistema nervioso y caigo al suelo.

—Entonces creo que te debo una disculpa, yo hice sonar ese silbato. Sólo quería llamar tu atención.

— ¿Ese es un silbato de uso militar? Yo solía tener uno de esos, sin embargo, lo perdí hace tiempo ¿por qué tienes un silbato de uso militar?

—Me lo regalaron cuando tenía 8 años. Un día alguien lo dejo en mi puerta en un sobre que decía:

"Frótalo siempre que necesites una respuesta".

—Pensé que era algo genial, así que decidí conservarlo y desde entonces lo llevo colgado como un collar de la buena suerte. Ahora cada vez que pienso demasiado o necesito una respuesta lo froto con mi mano, eso siempre me ayuda a aclarar mi mente. Pero, cambiando el tema, ¿Cómo has estado?, tenía tiempo que no te veía ¿has pensado sobre lo que te comente?

—La verdad estoy muy ocupado como para preocuparme por eso. Ahora voy a encontrarme con un amigo, después platicaremos. Por cierto, me debes dos Crofees.

—Está bien. —Respondió Oliver, mientras se alejaba despidiéndose levantando y agitando la mano.

«Por fin he llegado, espero encontrar a Anthony en este lugar» —Jack entró al salón donde impartían la terapia.

— ¡Bienvenido seas, Jack! —Lo saludo el terapeuta. —Qué milagro verte aquí. Siéntate la terapia está a punto de comenzar.

Un poco apenado Jack respondió. —La verdad, hoy no he venido a quedarme únicamente vine para ver si aquí estaba Anthony.

—Comprendo. —Dijo el terapeuta mientras se cruzaba de brazos —Anthony no ha venido desde hace 3 semanas. Si lo ves dile que lo esperamos y que es bienvenido cuando guste.

Seguidamente y al no haber encontrado a Anthony, salió del salón y caminó por la calle sin rumbo mientras pensaba.

«Todo esto está muy raro, tampoco ha estado en terapia, el único lugar que me queda por buscar es su casa, iré para ver si lo encuentro».

Al llegar a casa de Anthony, Jack notó que las luces estaban apagadas, así que decidió tocar muy fuerte la puerta. Para su sorpresa, la puerta se abrió sola emitiendo un rechinido escalofriante que le erizó todos los vellos del cuerpo.

— ¡Anthony, Anthony! ¿Estás aquí?

Preguntó en voz alta mientras se cuestionaba si era conveniente entrar en la casa que estaba totalmente a oscuras. Al ver que nadie contestaba a sus preguntas Jack decidió entrar. Debía encender la luz, sin embargo, Jack no sabía en dónde están los interruptores. Sacó una lámpara de bolsillo que portaba junto con una navaja y entró a la oscura casa tratando de prender las luces al mismo tiempo que gritaba el nombre de su amigo una y otra vez. Cuando por fin encontró los interruptores, los presionó: "click", "click". «La luz no enciende, parece que no hay electricidad» —Jack continúo recorriendo la casa en busca de Anthony, sin embargo, lo único que encontró son los objetos personales de su amigo tirados por toda la casa. —Parece que alguien se ha metido a robar, espero que Anthony se encuentre bien. —Murmuro Jack, mientras abandonaba la casa.

«Llamaré a la policía y mañana continuaré buscando a Anthony; espero poder encontrarlo» —Pensó con incertidumbre.

Capítulo 3
Los desaparecidos

— ¡Por favor Jack, suéltame a mí y salva a Joshua! ¡Sálvalo a él!

— ¡No!, no te soltaré Emily, por favor sujétense fuerte.

—Jack no puedes salvarnos a los dos. Te amaré por siempre...

De nueva cuenta Jack dio un brinco de la cama y se despertó con lágrimas en los ojos.

— ¿Por qué?, ¿por qué?, ¿por qué estoy teniendo estos sueños de nuevo? ya había pasado mucho tiempo desde que deje de tenerlos —Dijo Jack en voz alta al tiempo que se secaba las lágrimas.

«Tengo hambre, pero debo ir a trabajar. Aprovechare que llegare temprano para investigar. Tal vez Carol pueda decirme si Anthony me ha estado buscando en la oficina» —Jack decidió comer de camino al trabajo.

Todavía algo aturdido y confundido por su sueño Jack emprendió el camino hacia The Spy.

—Buenos días Jack. Hoy has llegado temprano. —Dijo Carol sorprendida.

—Si, la verdad llegué temprano porque tengo algo que preguntarte. ¿Has visto a Anthony?, es un amigo mío, uno que suele venir a buscarme.

—Oh si, ese amigo. Lo siento, pero no ha venido desde que te envié a la confederación 2.

—Estoy preocupado, lo he buscado por todas partes y no lo encuentro, incluso fui a su casa y no estaba, sin embargo, su casa parecía haber sido robada. —Le comentó Jack.

— ¡Repite de nuevo lo que dijiste!, le exigió Carol con un tono algo exaltado, parándose repentinamente de su asiento.

—Dije que; fui a buscar a mi amigo Anthony, pero no estaba y su casa parecía haber sido robada.

— ¿Recuerdas la noticia de la que te quería poner al corriente el día de ayer? –Le cuestiono Carol, mientras revolvía unos papeles. Parecía estar buscando algo muy importante.

—Claro que lo recuerdo Carol, pero ¿qué tiene que ver eso con lo que estamos hablando? –Respondió Jack con un gesto de asombro mientras se rascaba la cabeza.

—La noticia que no pude decirte ayer es la siguiente: –Carol por fin encontró unas carpetas con papeles que estaba buscando. – Desde hace 2 años se han presentado casos de personas desaparecidas en todas las confederaciones, pero desde hace un año se han multiplicado, y el último mes ha sido el mes con el mayor número de personas desaparecidas. En todos los casos se ha reportado el allanamiento de las casas de los desaparecidos, no obstante, nunca se han llevado nada de valor; así que tu amigo Anthony pudo haber pasado por lo mismo que aquellas personas. En estas carpetas tengo toda la información al respecto.

—Espero que no le haya pasado nada malo a Anthony. Gracias Carol, por darme esta información. De inmediato trabajaré en esta noticia; tal vez pueda investigar algo sobre el paradero de Anthony.

–Por el momento tú enfócate en dar la noticia de los incendios. Todo el mundo tiene que saber lo que está pasando en la confederación 2; y por favor envía una solicitud al gobierno para la pronta ayuda de la confederación 2; necesitan mucha ayuda. No me pidas mi fuente de información porque hay mucha gente a la que podría perjudicar, por favor Carol, te lo encargo.

—Una última cosa. —Dijo Carol —Incluí una lista de las personas desaparecidas, tal vez puedas encontrar algo de importancia si las investigas a todas.

Jack salió de las oficinas del periódico, se subió a su coche y se dirigió a los domicilios de la lista para averiguar qué había pasado con todas esas personas.

«¡Debo encontrar algo en común entre todas estas personas!, comenzaré con el primer desaparecido en esta confederación»

Dos horas después, Jack llegó al domicilio de la primera persona desaparecida, se bajó del coche y fue directo a tocar a la puerta: "¡tock!, ¡tock!" Lentamente la puerta se abrió un poco, lo suficiente para que unos ojos verdes se asomaran.

— ¿Quién es usted y qué quiere? —Preguntó una misteriosa mujer con mucho recelo.

—Mi nombre es Jack Blair, trabajo para el periódico The Spy. Quisiera saber si me puede ayudar a responder unas preguntas para una noticia, por favor.

— ¿Noticia?, ¿Qué noticia? —Pregunto la mujer de manera suspicaz.

— ¿Esta es la casa del Sr. Paul Collins?

—Así es. —Contesto la mujer con la voz entrecortada.

— ¿Podría contarme un poco del Sr. Collins? Estoy investigando los casos de personas desaparecidas en las confederaciones y el Sr. Collins fue el primero que desapareció en esta confederación.

La mujer creyó en las palabras de Jack y abrió la puerta.

—Adelante, puede pasar. Mi nombre es Sofía Collins soy la esposa de Paul. —Era una mujer rubia muy delgada, de estatura media, su ropa era muy holgada se notaba fácilmente que antes solía ser más robusta. —En un momento le sirvo una taza de Crofee, afuera está helando.

—Gracias. —Respondió Jack y esperó el regreso de Sofía sentado en un sillón.

—Si me permite comenzaré con algunas preguntas. ¿Cómo fue que desapareció el Sr. Collins? —Comenzó la entrevista Jack.

—Todo fue muy repentino, un día salió de la casa y ya no regresó. Al día siguiente alguien entró en mi casa; al principio pensé que había sido un robo, sin embargo, no se llevaron nada. Parecía que buscaban algo, por el desorden que dejaron. Ese año fue muy duro para Paul ya que durante un año entero sufrió de fuertes mareos, vómitos, incluso, en alguna ocasión, se olvidó de quien era su familia. Lo llevamos al médico y le diagnosticaron principios de Alzheimer. Ahora que lo recuerdo, todo comenzó desde la última vez que se rejuveneció en Cronos Corp. —Al escuchar la respuesta Jack recordó, que los síntomas de Anthony comenzaron cuando se había rejuvenecido por última vez y para reafirmar sus sospechas decidió hacer una última pregunta.

—Una pregunta más, ¿cuantos años biológicos tenía el Sr. Collins cuando desapareció?

—Él tenía 122 años. —Respondió la mujer y soltó en llanto.

—Gracias por ayudarme a responder esas preguntas, por mi parte es todo, lamento haberle recordado ese momento tan lamentable. —Dijo Jack y salió de la casa.

— ¡Espere! —Grito Sofía al salir de su casa. — ¿Tendré noticias de usted Sr. Blair? —Pregunto aún con lágrimas en los ojos.

—Si logro saber algo sobre el Sr. Collins se lo estaré informando. Muchas gracias por su amable atención. —No obstante, antes de que pudiera marcharse la Sra. Collins le dio una fotografía de Paul Collins.

—Por favor conserve esta fotografía, tal vez pueda ser de utilidad.

Jack acepto la fotografía y se retiró caminando hacia su vehículo dejando a la señora Sofía con la esperanza de encontrar a su esposo. Durante toda la semana Jack dedicó el 100% de su tiempo a investigar cada nombre del listado hasta que por fin terminó con todas las personas de su lista. Jack trataba de encontrar algo en común que conectara a todos los individuos.

«Creo que ya es suficiente por ahora, descansaré un poco y mañana continuaré» –Pensó mientras se tallaba los ojos, los cuales le costaba mantener abiertos.

Al día siguiente después haber trabajado todo el día en su oficina Jack subió a su vehículo y manejo de regreso a casa, sin embargo, sorpresivamente un automóvil negro, con los vidrios polarizados y un logotipo en un costado, se acercó a gran velocidad colocándose justo a la izquierda del automóvil de Jack. El automóvil negro chocó de manera lateral contra Jack una y otra vez intentando sacarlo del camino.

Recordando el tiempo cuando estuvo en la milicia, Jack aumentó la velocidad hasta alcanzar los 200 km/h y comenzó a realizar maniobras evasivas. Lamentablemente para su mala fortuna Jack tenía mucho tiempo de no portar su arma, por lo que no podía defenderse.

Desde una de las ventanas del automóvil negro se asomó una pistola e inmediatamente abrió fuego contra Jack. Los proyectiles lograron impactar el neumático delantero del vehículo provocando que Jack perdiera el control del automóvil hasta salir de la carretera y caer diez metros por un pequeño barranco.

Un mes después...

— ¡Jack, Jack!, ¿estás consiente?, que susto nos diste, pensábamos que te quedarías en coma o como un vegetal, de por vida.

— ¿Carol eres tú?, ¿coma?, ¿vegetal?, ¿qué me pasó?, ¿dónde estoy? —Preguntó Jack confundido y atemorizado ya que se encontraba recostado en una cama, con equipo médico conectado a su cuerpo. Estaba demasiado confundido aún sin saber lo que había pasado.

—Estas en un hospital privado; tuviste un fuerte accidente en tu automóvil hace un mes, y desde entonces permaneciste en estado de coma. Los doctores decían que no había muchas esperanzas de que despertaras. Sin embargo, me alegro de que estés bien. –Carol manifestó una gran sonrisa.

—Ahora que lo dices, comienzo a recordar un poco, pero… no tuve un accidente, recuerdo que un automóvil me perseguía y ese mismo vehículo fue el que me saco del camino.

— ¡Los documentos!, Carol dime que pudieron rescatar los documentos de mi investigación. —Dijo Jack, con un tono de voz desesperado.

—Lo siento, pero en tu vehículo solo estabas tú y nada más. Dijo Carol —En este mismo momento le informaré al comandante de policía todo lo que me has contado y moveré algunas influencias para ver si damos con el culpable de esto, pero necesito más información, el color del vehículo, las placas o algo que lo distinga.

—Sólo recuerdo que era un automóvil negro, con los vidrios polarizados; no pude ver sus placas. Lo siento Carol, es todo lo que recuerdo. –Con sus manos retorcía las sabanas por la impotencia que sentía al no poder recordar más.

—No te preocupes Jack, con el paso de los días tal vez recordaras más cosas. Por el momento descansa, te hace falta.

Al día siguiente, muy temprano, Jack fue dado de alta del hospital. Subió a un taxi y pidió al taxista que lo llevara a su domicilio ya que aún se sentía cansado y tenía planeado descansar el resto del día. En ese momento algunos recuerdos comenzaron a llegar a su mente.

—Disculpe señor ¿tiene un bolígrafo y una hoja que me preste por favor?

— ¡Claro que si con gusto! —Respondió el taxista y le dio lo que Jack le había solicitado. Cinco minutos después y gracias a que Jack contaba con habilidades para dibujar pudo plasmar en la hoja un pequeño dibujo, el cual era un circulo con una letra ''C'' y un número ''4'' Sobreexpuesto.

— ¡Si bien recuerdo, este logotipo es el que tenía el vehículo desde el cual me atacaron! Tengo que informarle a Carol lo antes posible.

Jack llegó a su casa, se cambió la ropa, y se dirigió caminando a The Spy para informarle a Carol lo que anteriormente había dibujado. De camino, vio una tienda donde vendían Crofees; sentía que tenía una eternidad sin haber probado uno, así que decidió formarse para comprar uno a pesar de que la fila era muy larga.

«¡Rayos, esta fila sí que es larga!, pero ya no soporto más sin tomar una buena taza de Crofee; espero no tardar demasiado, no falta mucho para que Carol llegue al periódico»

De repente, sintió que alguien lo sujeto del hombro, lentamente giro la cabeza para ver de quien se trataba.

— ¡Hola Jack!, ¡qué sorpresa encontrarte aquí! Tenía mucho sin verte, ¿dónde habías estado?

— ¿Oliver? ¿Qué estás haciendo aquí? —Preguntó Jack.

—Trabajo muy cerca de aquí y se me antojó un postre de los que venden aquí, pero te vi y decidí saludarte. —Con su mano toco su estómago en señal de tener mucha hambre.

En ese instante una señora que caminaba muy a prisa y descuidada, accidentalmente se tropezó con Jack tirándole el dibujo que antes había realizado. Oliver, rápidamente se agachó para recoger el papel y al ver el dibujo le preguntó:

— ¿De dónde sacaste este dibujo, Jack? –Preguntó muy exaltado.

—Yo lo realicé ¿por qué?

—Pero, ¿dónde lo viste? o ¿por qué lo dibujaste? –Insistió.

— ¿Por qué te interesa saber eso Oliver?

— ¡Sólo responde, por favor, Jack!

—Está bien, te lo contaré mientras esperamos nuestro turno en la fila. Hace un mes, mientras yo conducía mi automóvil, alguien en un vehículo me persiguió y me disparó provocando que me saliera del camino y cayera en un pequeño barranco. Quedé en coma durante un mes. Apenas ayer desperté y, hoy por la mañana, al salir del hospital, me vino el recuerdo de que el automóvil que me perseguía tenía ese logotipo en una de sus puertas, ¿tú conoces este logotipo, Oliver?

— ¡Sí lo conozco!, ven Jack vamos a caminar.

—Pero... estoy esperando mi Crofee.

—Créeme esto es más importante que un Crofee.

Jack y Oliver abandonaron la fila y comenzaron a caminar.

— ¡Ahora dime lo que sabes, Oliver!

— ¿Recuerdas aquella información que te dije que tenía de la confederación 4 y que dijiste que eran puros rumores?

—Sí, lo recuerdo, ¿qué tiene que ver con esto?

— ¡Tiene todo que ver!, este logotipo que tienes en tus manos solía ser el logotipo con el que se conocía a la Confederación 4 antes de que la mega planta nuclear..., bueno ya sabes el resto.

— ¿De nuevo con eso de la confederación 4, Oliver? Ya te dije que no hay nada ahí, solo radiación.

—Entonces si es que hay pura radiación y nada más ¿cómo es que alguien en un vehículo de la confederación 4 te quería asesinar?, debes haber molestado a alguien muy poderoso, como para querer asesinarte. ¿Que estabas haciendo antes de que intentaran asesinarte?

—Investigaba sobre las personas desaparecidas en las confederaciones, ya que uno de ellos es mi amigo Anthony al que no veo desde hace dos meses y ya me tiene preocupado; sin embargo, en mi accidente se perdió toda la información que había recabado.

—Jajá ¿crees que se perdió? Aquella persona que te perseguía debió de haber tomado tu información y se la llevó.

— ¿De qué les puede servir?, solo es información de personas desaparecidas. —Respondió algo escéptico.

— ¿Aún no lo comprendes? alguien no quiere que sigas investigando sobre ese tema, yo te puedo ayudar, pero tienes que confiar en mí, Jack. ¡Sígueme iremos a mi casa! —Ambos subieron al automóvil de Oliver y comenzaron el trayecto.

En el camino Jack, aún incrédulo de lo que estaba sucediendo miró el dibujo una y otra vez tratando de hilar los cabos sueltos «¿Anthony también habrá sido atacado por las mismas personas?» Pensó Jack, bastante preocupado.

Después de 30 minutos, ambos llegaron a la casa de Oliver, este último abrió la puerta y gritó:

—Mamá, ya estoy en casa ¿mamá? ¡Bien!, parece que ha salido. Ven, vamos a mi centro de operaciones.

— ¿Es una broma? Aún vives con tus padres y ¿dices que tienes un centro de operaciones? —Pregunto Jack con un tono burlesco.

—Si, ya lo sé ahora cállate y sígueme si quieres mi ayuda. —Oliver lo llevo hasta una habitación, que no parecía tener nada de sorprendente.

—Jack, te presento mi centro de operaciones, no toques nada y sígueme. —Dijo con mucho orgullo.

—Jajá si solo es la habitación de un adolecente, no exageres. —Continúo burlándose.

—La magia está debajo de nosotros, ¿me crees tan tonto como para que mi mamá sepa a lo que me dedico? Ella sólo sabe que estoy estudiando para ser un reportero; pero de la forma en como consigo la información, ella no sabe nada.

Oliver movió de lugar su cama y quito una alfombra que cubría una puerta secreta, abrió la puerta y bajaron por unas escaleras que los condujo al centro de operaciones. Era un cuarto lleno de computadoras de última generación.

— ¡Wow! no imaginé que tuvieras tantos juguetes. –Espeto Jack.

— ¿Juguetes has dicho? Yo le llamaría juguete al vejestorio que usas tú en tu oficina, estás viendo lo último en tecnología; pero ya basta de charla y enfoquémonos a lo que venimos a hacer. –Dijo con un semblante muy serio.

—Está bien. —Respondió Jack. —Pero, antes dime algo Oliver. ¿Cómo es posible que tengas este cuarto debajo de tu casa y tus padres no lo sepan? Además, debes generar altos costos de energía como para que no sospechen y ¿De dónde obtuviste el dinero para construir todo esto?

—Es fácil, este cuarto lo construí en unas vacaciones que tuvieron mis papás, por lo que nunca se dieron cuenta; y los altos costos de energía es algo de lo que me encargué con una planta de energía que tengo un poco más abajo, así que realmente no hay motivo de sospechas. El dinero lo conseguí con trabajos secretos que he realizado para algunas personas importantes; aunque realmente no sé para quien he trabajado, siempre nos llamamos por seudónimos. Si ya estas contento y satisfecho continuemos con lo que hemos venido a hacer aquí.

—Todo el mundo sabe que la confederación 4 quedó aislada debido a la radiación, provocada por el accidente en la mega planta nuclear, pero varios estudios de radiación por satélite muestran que sólo existe muy poca radiación en la zona de la mega planta nuclear y eso es porque la planta se encuentra aún en funcionamiento. Son niveles de radiación que no dañan a nadie.

— ¿Cómo sabes eso?

—Porque hackee el sistema del gobierno y usé uno de sus satélites para hacer ese estudio. A eso me refería cuando te dije que tenía ventaja sobre ti, puedo saber cosas a la que muy poca gente tiene acceso; pero lo que me parece extraño es que, por muy bueno que yo sea, hay un archivo que no puedo abrir y habla sobre algo que hay en la confederación 4 escondido, sin embargo, no sé de qué se trate, solo sé que se llama **Proyecto C4.** También encontré documentos que hablan de personas desaparecidas, no obstante, para abrir esos archivos tengo que ir directamente al centro de servidores, en donde se guarda toda la información del gobierno, ese edificio se encuentra aquí, en la confederación 1 a tan solo 3 kilómetros de distancia; aunque no puedo hacerlo yo solo. Puedo desactivar los escudos de seguridad desde este lugar y tú tendrás que infiltrarte, buscar los documentos, yo desde aquí te diré lo que tienes que hacer, por medio de este auricular y con este micrófono de espía, podrás responderme en tiempo real. —Oliver le coloca el pequeño dispositivo sujetándolo de su ropa, seguido le entrega una mochila con equipo tecnológico. – ¿Quieres saber quién está detrás de ti? Hoy lo averiguaremos. —Finalizo muy confiado.

— ¡Está bien, vamos a hacerlo! —Respondió muy entusiasmado Jack.

Esa misma noche Oliver esperaba en su centro de operaciones a que Jack llegara al centro de servidores. —La espera era agobiante, caminaba de un lado a otro repetidamente hasta que por fin recibió la señal.

— ¡Oliver!, ya estoy listo disculpa la demora no encontraba lugar para estacionar tu automóvil. —Jack había llegado al centro de servidores, un edificio no muy alto y de fachada un tanto descuidada.

— ¡Perfecto Jack! en este momento desactivaré los escudos de seguridad y activaré un sensor de movimiento justo al otro lado de donde tú estás. No te preocupes, lo desactivare en seguida así pensarán que fue una rata; eso te dará tiempo suficiente para que los guardias se distraigan. Después abriré la puerta que tienes frente a ti, pero sólo durará 10 segundos abierta, tienes que ser rápido.

Jack estaba un poco nervioso ya que no sabía si Oliver sería capaz de llevar a cabo la operación con éxito, sin embargo, no dudo y se colocó justo en el lugar que habían acordado. —Es una noche nublada y fría la cual lo hace recordar las noches en el campo de batalla. «Hace mucho tiempo que no me había sentido tan ansioso, espero poder entrar sin problemas» Pensó Jack mientras se colgaba una mochila con todo el equipo que le había entregado Oliver. Decidió esconderse en unos arbustos para observar a algunos guardias que custodiaban el edificio.

— ¡Prepárate Jack, a mi señal! —Sintió que todos los vellos del cuerpo se le erizaron al escuchar esas palabras.

Desde el centro de mando Oliver sudaba como nunca antes lo había hecho, era la primera vez que trabajaba en equipo con alguien. «¡Debo concentrarme, Jack confía en mí!» —Se sacudió las manos y comenzó con la operación.

– ¡Hazlo ahora Jack!

Una alarma comenzó a sonar justo al otro lado del edificio mientras tanto Jack corría lo más rápido que podía para abrir la puerta, sin embargo, la iluminación del lugar no era buena lo que ocasiono que tropezara con una piedra y cayera al suelo, aunque rápidamente se puso de pie y logro llegar justo antes de que se bloqueara la puerta. Muy agitado y con la respiración acelerada, Jack logró incorporarse poco a poco y se sorprendió al ver el interior del edificio, el cual era totalmente blanco; sus paredes, el piso y el techo, todo era blanco, incluso estaba iluminado con una luz blanca muy brillante.

—Oliver, ¿me escuchas? Logré entrar ¿Hacia dónde me dirijo ahora?

—Te escucho perfectamente Jack. Ahora debes encontrar un cuarto que diga "ghost files".

Jack comenzó a caminar escudriñando los rincones del edificio y siendo lo más sigiloso posible para que no lo detectaran. El silencio en el edificio era inquietante, sólo se escuchaba el ruido de los ventiladores del aire acondicionado. Jack siguió buscando hasta que por fin logro encontrar el cuarto con la leyenda grabada en la puerta: "ghost files".

— ¡Listo!, ya encontré el cuarto, pero me pide una contraseña. En una pantalla que tiene un teclado se puede leer las palabras **RONCOS PORC** pero... ¡Espera un momento Oliver! creo que se trata de un anagrama, solíamos utilizar este tipo de cifrado cuando estaba en el ejército.

— ¡Entendido, trataré de resolverlo!

Desde el centro de operaciones, Oliver, con la ayuda de sus computadoras logra descifrar el anagrama.

— ¡Lo tengo Jack! la contraseña es: **CRONOS CORP** sin embargo, una vez adentro estarás solo, en ese lugar no puedo comunicarme contigo, así que conectarás la computadora portátil que llevas contigo a uno de los servidores que tengan una línea amarilla, no te preocupes he creado un software que se abrirá de manera automática, te permitirá escudriñar sin ser detectado; busca un archivo que diga **Proyecto C4,** ábrelo y averigua todo lo que puedas; sólo puedes ver, no trates de copiar nada o se activara una alarma. Suerte.

Muy cerca de Jack un sonido seco se escuchó, parecía tratarse del andar de una persona acercándose a él.

«Parece que alguien se acerca, tengo que abrir esta puerta de inmediato» Pensó preocupado.

Jack se apresuró a ingresar la contraseña que le había proporcionado Oliver. Los pasos que antes había escuchado se escuchaban cada vez más cerca, sorpresivamente la puerta se abrió y rápidamente Jack ingresó por la puerta y la cerró con cuidado para no ser detectado.

«¡He conseguido entrar! al parecer en esta área no hay guardias que puedan detectarme»

Caminando por el área Jack quedo impresionado por la gran cantidad de torres de servidores. La zona se dividía en tres pasillos «Tengo que encontrar un servidor al cual pueda conectarme para seguir investigando, recuerdo que Oliver me dijo que me podía conectar a cualquiera que tuviera una línea amarilla»

Después de buscar por dos pasillos y al llegar al último pasillo, por fin logro ver una torre con servidores los cuales contaban con una línea amarilla «Creo que puedo conectarme a cualquiera de estos, veamos que puedo encontrar»

Conecto la computadora a uno de los servidores y el software comenzó a correr de manera automática, no obstante, la conexión con el servidor estaba tardando demasiado tiempo lo que ocasiono que Jack se desesperara, sin embargo, unos minutos después logró conectarse con éxito.

— ¡Lo logré! –Murmuro entusiasmado.

En la pantalla negra comenzaron a aparecer letras de color blanco, las cuales indicaban el nombre de muchos archivos. «Este es el archivo que dijo Oliver, ahora solo falta ver su contenido» Pensó mientras lo abría.

Comunicado Proyecto C4: Atención Presidente George Sanders. Ultra secreto. La creciente población y sus células madre son muy productivas, la energía producida sigue enviándose satisfactoriamente a las instalaciones de Cronos Corp. en las distintas confederaciones con éxito. Se necesitan más sujetos de pruebas. A Partir de hoy, los embarques se realizarán los días jueves por la noche, saldrán desde el centro de servidores de la confederación 1 directo a C4. *Fin del comunicado.

«¡No lo puedo creer! ¿El presidente tiene conocimiento de esto?» –No podía creer lo que acababa de leer. «Hoy es jueves, tal vez logre investigar un poco más sobre estos llamados sujetos de prueba. Tengo que subir más niveles y ver que puedo investigar»

Jack se puso en marcha y subió hasta el 4to piso. Ante él se extendía un corredor que contrastaba totalmente con el edificio ya que estaba muy oscuro.

«Investigaré un poco más, espero encontrar algunas respuestas, me alegra haber traído mi pistola, tal vez la necesite»

Jack continuó caminando por el corredor cuando, sorpresivamente, a los costados visualizó celdas vacías en estado deplorable; incluso se podían observar manchas de sangre en el piso.

«¡Rayos! Hay demasiada sangre por aquí. El olor es detestable, creo que llegue demasiado tarde». Se lamentó y continuó su andar.

— ¿Quién está ahí? —Se escuchó una voz que provenía de la última celda del corredor. Lentamente Jack se acercó a la celda apuntando con su arma. Al llegar observó que en el piso se encontraba un hombre rubio de barba larga muy delgado, casi en los huesos, al cual se notaba que habían golpeado en repetidas ocasiones dejando su ropa cubierta de sangre. Muy debilitado el hombre se puso de pie sujetándose de los barrotes de la celda.

– ¿Quién eres? –Pregunto aquel hombre.

—Mi nombre es Jack Blair y he venido a investigar lo que está sucediendo aquí. –Respondió con una voz tenue para evitar ser descubierto.

— ¿Eres policía?

—No, solo soy un reportero.

—Así que, no eres policía, que mal. –No logró sostenerse en pie por más tiempo y se desplomó.

— ¿Quién es usted señor y por qué está aquí encerrado?

—Mi nombre es Paul Collins, me trajeron en contra de mi voluntad. –Muy sorprendido Jack lo miró fijamente tratando de recordar aquella fotografía que le regaló la Sra. Collins.

— ¡Un momento! ¿Tú eres Paul Collins? ¿Tu esposa se llama Sofía? –Pregunto Jack algo escéptico ya que aquel hombre no se parecía al de la fotografía.

—Así es. —Contestó Paul con gran asombro — ¿Cómo sabes el nombre de mi esposa? ¿Le hicieron algo a ella? –Paul extendió su brazo y logró agarrar el pantalón de Jack.

— ¡No!, tranquilo ella está bien. Estuve investigando el caso de las personas desaparecidas y tú fuiste la primera persona sobre la que investigué. La Sra. Collins está muy preocupada por ti.

En ese momento Paul llora desenfrenadamente.

— ¡Gracias!, me alegra saber que Sofía está a salvo. Llegué a pensar que también se la habían llevado, pero me da gusto saber que se encuentra bien.

—Tal vez me puedas ayudar Paul, he estado buscando a un amigo que también desapareció, quizás lo trajeron a este lugar.

—Dime cual es el nombre de tu amigo, aquí han llegado muchas personas.

—Su nombre es Anthony Wood.

—Sí lo conozco, llegó hace tres semanas, pero se lo llevaron la semana pasada y una vez que se los llevan… nadie vuelve. – Denotó tristeza en su rostro.

—Ahora comprendo porque intentaron asesinarme cuando estaba en la búsqueda de las personas desaparecidas. Al parecer iba acercándome más a ellos y quisieron silenciarme. ¿Pero, si tú fuiste el primero que desapareció, por qué aún te tienen en este sitio?

—He logrado mantenerme en estas instalaciones porque un guardia hizo amistad conmigo y no dejaba que me trasladaran. Sin embargo, hace dos semanas lo cambiaron de puesto y desde entonces los guardias se están llevando a todas las personas que había aquí, yo soy el ultimo que falta. No creo que tarden mucho en venir por mí, así que vete y busca ayuda, si te atrapan todo estará perdido para nosotros. —Al terminar de hablar se escucharon unos pasos que venían subiendo las escaleras.

— ¡Vete Jack escóndete rápido! Dile a Sofía que la amo.

Sin perder más tiempo Jack salió del corredor y logró esconderse detrás de un casillero que estaba debajo de una ventana. Desde ese punto logró observar cuando se llevaban a Paul y decidió seguir de lejos a los guardias para ver a donde lo llevaban, al salir del edificio pudo ver como lo metían a una camioneta con el logotipo de C4. Jack aprovechó que los guardias estaban distraídos trasladando a Paul y aprovechó para salir del centro de servidores sin que alguien pudiera observarlo, inmediatamente subió al automóvil de Oliver y condujo a toda prisa hacia el centro de operaciones.

— ¡La operación fue todo un éxito! Encontré lo que estábamos buscando Oliver, también obtuve información sobre Anthony.

Jack le platicó todo lo que ocurrió en el centro de servidores.

—Entonces... ¿qué vamos a hacer Jack? —Oliver no podía contener la emoción.

—Espera un momento Oliver, me llegó un email a mi holográfono. Es sobre una hoja que mandé analizar con un amigo. —Jack leyó el email y cambió totalmente su semblante por uno más serio.

—No puede ser. —Dijo Jack.

— ¿Sucede algo malo?

—Debemos ir a la confederación 4, Oliver. Al parecer ahí se encuentran las respuestas a todas nuestras preguntas. Mira, me acaban de mandar el resultado de una hoja que mandé analizar.

Jack le mostró el resultado del análisis que resultó ser el mismo logotipo que antes había dibujado.

Capítulo 4
Confederación 4

Año 2076

—Presidente Sanders, ya está listo el video que se mostrará en las confederaciones 1, 2 y 3. – Se escucha desde atrás del presidente a una persona. Ambos se encuentran en un estudio de grabación.

— ¡Perfecto! Transmitan ese mensaje a esas confederaciones y aíslen a la confederación 4 para que no pueda enviar o recibir ninguna clase de comunicación de las demás confederaciones.

—Entendido presidente Sanders. –Dijo un asistente de producción. Seguidamente el presidente se colocó frente a las cámaras y una voz comenzó una cuenta regresiva.

—Salimos al aire en 3, 2, 1…

—*Buenas noches ciudadanos de La Nueva Pangea, soy el presidente George Sanders. Esta noche me dirijo a ustedes con una gran tristeza y me es difícil informar que las mega plantas Nucleares en las confederaciones 1, 2 y 3 fueron saboteadas por un grupo terrorista que se denominan a sí mismos como anarquistas, los cuales provocaron la fuga de material nuclear altamente tóxico en cada mega planta nuclear. Por fortuna y gracias a la excelente labor policiaca de la confederación 4 logramos atrapar a los terroristas que planeaban sabotear la mega planta nuclear de esta confederación. Sin embargo, esa no es la única mala noticia que tengo que comunicarles; las tres confederaciones han quedado marcadas como territorio altamente radioactivo impidiendo que podamos traer a las personas de cada confederación ya que la radiación también se expandiría a la confederación 4. Construiremos un muro alrededor del área de C4 y será vigilado por los militares para evitar que nadie entre ni salga de aquí. Es de suma importancia proteger e impedir la contaminación con radiación a los habitantes de esta Confederación, por ende, no podemos permitir que nadie entre o salga de este lugar.*

Les prometo que haremos hasta lo imposible por ayudar a las personas de las distintas confederaciones, pero para ello necesitaremos su ayuda; a partir de hoy declaro activo el programa de emergencia Proyecto C4 con el que, lamentablemente ya no podrán rejuvenecerse ya que la energía de esta mega planta nuclear, a pesar de ser la más grande de las cuatro, será para solventar las necesidades de esta confederación; pero también ayudaremos a las demás confederaciones enviándoles energía.

Entre todas estas malas noticias debo admitir que la humanidad tiene esperanza de salir adelante. Nuestros científicos han comenzado a trabajar en una manera de limpiar la radiación de las personas, pero para poder lograr esa tarea titánica son necesarias grandes cantidades de células madre. A partir de mañana todas las personas que gusten ayudar donando células madre podrán hacerlo en las instalaciones de Cronos Corp. en las cuales activaremos un centro de investigación para la limpieza de la radiación. Por el momento es todo lo que podemos hacer para ayudar a nuestros hermanos, espero su cooperación, buenas noches.

Al día siguiente las personas de la confederación 4 estando aún muy conmovidas por el anuncio del presidente Sanders tuvieron la intención de ayudar a las personas de las otras confederaciones, por lo que acudieron de inmediato a las instalaciones de Cronos Corp. El encargado de llevar a cabo la recolección de células madre era Tom Rogers, designado como Gobernador interino de la Confederación 4 quedando como subordinado directo del presidente George Sanders, aunque muy pocas veces se le veía en las instalaciones. Así, día tras día las personas de la confederación 4 donaban células madre y seguían con sus actividades cotidianas, desde entonces todo había transcurrido con normalidad hasta el presente año.

2 de marzo de 2150, Confederación 4

— ¡Emily! ¿Me acompañas? Voy a ir a Cronos Corp. Para donar células. —Gritó un joven delgado, de baja estatura y de aspecto humilde desde afuera de una casa, la cual se notaba bastante deteriorada.

—Está bien Leo, te acompañaré, yo también donaré algunas células. —Se escuchó una voz desde adentro de la casa, acto seguido, una joven salió y ambos se fueron caminando con dirección a Cronos Corp. Durante el trayecto ambos conversaban.

—Te contaré algo, Leo; mi padre siempre me decía que cuando se pueda hay que ayudar a quien más lo necesite. Creo que de esta manera estoy ayudando a muchísima gente. Pobres personas, deben estar pasando momentos muy difíciles, ya han transcurrido setenta y cuadro años y aún no les pueden quitar la radiación. Espero que llegue el día que limpien la radiación por completo para poder visitar las confederaciones que no conozco. Según unos informes que leí, la mayoría de las personas de las confederaciones contaminadas han muerto de cáncer. Recuerdo que mi padre me contaba sobre el presidente George Sanders. Fue el mejor líder que pudimos haber tenido. Durante toda su vida luchó por ayudar a todas esas pobres personas y trató de encontrar una solución. Lamentablemente murió hace cincuenta años, si tan solo él estuviera aquí tal vez la radiación ya hubiera desaparecido.

—Pero, aún quedamos nosotros Emily, depende de nosotros seguir donando nuestras células madre para las personas contaminadas. —Respondió Leo con gran alegría.

Después de algunos minutos ambos llegaron a las instalaciones de Cronos Corp.

—Donemos nuestras células y después vayamos a trabajar al campo. ¿Sabes, Emily? Aunque ya he donado células muchas veces no me puedo acostumbrar al dolor agudo de la aguja penetrando mi columna. —Dijo mientras hacía un gesto de dolor.

—Sólo recuerda que es para una buena causa y el dolor se disminuirá. —Dijo Emily y sujetó las manos de Leo en señal de apoyo.

—Nos veremos en una hora. –Leo se despidió e ingresó a una habitación. "Emily tiene 27 años es una chica muy buena que siempre ayuda a los demás. Es de estatura media tal vez 1.70 metros, de tez muy oscura ya que es de la zona noroeste de la confederación 4. Tiene ojos negros grandes y profundos como la noche misma y un cuerpo escultural porque practica artes marciales, pero sobre todo es la mujer más bella de toda la confederación 4." –Leo describió a Emily para distraerse del agudo dolor que le provocaba la aguja.

—Se nota que te gusta mucho esa chica, Leo — le dijo un doctor mientras le extraía células madre de la columna.

—Así es, me gusta mucho; pero ella no se fija en mí nunca. Espero que algún día me llegue a querer como yo la quiero. –Leo se sonrojó.

—Listo, hemos terminado por el día de hoy, ya te puedes retirar — le dijo el médico.

Al salir de la habitación y aún caminando adolorido, pudo ver a Emily que lo espera sentada en unos escalones.

—Gracias por acompañarme, Emily.

—No hay problema, Leo. Me gusta venir, es mi granito de arena para ayudar a este mundo; pero ahora ya tengo que irme, hoy toca cosechar la zanahoria y la papa. Recuerda que una parte de lo cosechado se destina a las confederaciones vecinas para ayudar a combatir el hambre entre las personas enfermas. En sus tierras no crece nada debido a la radiación y los animales de granja murieron por las mutaciones que tuvieron, así que estos alimentos son de gran ayuda para todas esas personas.

—Está bien Emily nos vemos pronto- Se despidió Leo con un abrazo.

Emily se dirigió muy feliz a trabajar en la cosecha del día, a ella le gustaba hacer todo lo que podía para ayudar a las personas de las otras confederaciones, con la esperanza de que algún día todo volviera a ser normal para todo el mundo. Inclusive, en sus tiempos libres daba capacitaciones de primeros auxilios.

Al día siguiente, Emily salió de su casa con dirección al campo para continuar cosechando, por lo que llevaba un pequeño carrito de carga en el cual transportaría las verduras recolectadas. Estaba un poco distraída, como de costumbre observando el paisaje, lo que provocó que se tropezara y cayera al suelo. Al reincorporarse, Emily observo a un hombre desmayado en el piso el cual, al parecer, había sido golpeado. Toda su ropa estaba cubierta de sangre.

— ¿Te encuentras bien? ¡Despierta por favor! ¿Quién te hizo esto?, ¿Quién eres?, ¿Cómo te llamas? —Emily sacudió y golpeó suavemente y en repetidas ocasiones los cachetes de aquel hombre tratando de hacerlo reaccionar.

El hombre misterioso reaccionó a las palabras de Emily, con un tono muy suave casi susurrando logró pronunciar al oído de Emily:

—Mi nombre es Jack Blair- inmediatamente cayó inconsciente nuevamente.

Emily no dudó en llevar a aquel hombre a su casa para curar sus heridas, pero era muy pesado para cargarlo ella sola, así que tuvo que ingeniárselas. Poco a poco fue colocando al hombre en el pequeño carrito hasta que por fin logró hacerlo.

«Que pesado está este hombre, al parecer no es un indigente. Tal vez alguien lo asaltó. Pobre hombre, lo curaré y lo dejaré descansar; cuando despierte le preguntaré que le pasó» Pensó y comenzó a jalar el carrito. Los brazos y los pies de Jack colgaban por los costados del pequeño vehículo de carga.

1 semana antes...

— ¿Cómo llegaremos a C4 sin ser detectados por el gobierno? Recuerda que toda C4 está rodeada por un muro y está altamente vigilado por los militares. -Preguntó Oliver muy angustiado.

—No te preocupes Oliver, aún conservo algunos contactos de la milicia que con gusto me pagarán algunos favores que me deben.

Inmediatamente Jack realizó unas llamadas a sus contactos para organizar el próximo viaje.

— ¡Esta hecho Oliver! ya tengo a dos personas que nos llevarán hasta la confederación 4. La primera nos llevará en un helicóptero, nos dejará exactamente en una plataforma petrolera muy cerca de la costa de C4 en la cual nos estará esperando otra persona que nos llevará en un barco pesquero. Nos acercará a dos kilómetros del muro, incluso sabe cómo evadir la línea de retención militar. A partir de ese punto dependerá de nosotros llegar vivos; navegaremos en una balsa inflable y tendremos que remar por la noche. Ese será nuestro plan para evitar ser detectados.

Jack y Oliver salieron del centro de operaciones secreto, dirigiéndose a un edificio muy alto el cual tenía en la cima un helipuerto donde ya los esperaba el amigo de Jack con un pequeño helicóptero. Después de saludarse rápidamente los tres emprendieron su viaje a C4. Unas horas más tarde, al pasar el medio día, lograron llegar a la plataforma petrolera en la cual ya los esperaban.

— Tendremos que esperar a que anochezca para partir en el barco pesquero, de lo contrario nos detectarían rápidamente. – Comentó Jack.

— ¿Estás seguro que ese barco no se va a hundir Jack? – Preguntó Oliver con miedo al observar el pequeño barco pesquero el cual tenía un aspecto muy antiguo.

— No te preocupes Oliver, sólo es una fachada. El casco y el motor de este barco son de última generación, no obstante, para evitar llamar la atención ha sido disfrazado de un barco viejo. – Respondió muy confiado.

Al caer la noche partieron en el pequeño barco. Al pasar unas horas el amigo de Jack logró acercarlos a la costa de C4 entrando por la parte que anteriormente solía llamarse KwaZulu-Natal, desde ahí Jack y Oliver comenzaron a remar en una pequeña balsa inflable.

— ¡Oliver rema más rápido, está a punto de amanecer! No tienen que vernos las líneas de retención o todo se terminara aquí. El castigo por infiltrase a la confederación 4 es la pena de muerte inmediata. Más vale que lleguemos a la costa antes de que amanezca, debemos ser sigilosos y precavidos si queremos saber quién está detrás de todo esto.

Jack y Oliver lograron llegar a las costas de C4 justo cuando el sol comenzaba a aparecer en el horizonte.

– Jack, estoy muy cansado – dijo Oliver arrastrándose por la arena.

– ¡Levántate Oliver, demuestra que tienes el fuego de la juventud dentro de ti! – le reclamó Jack.

Oliver se levantó y ambos continuaron avanzando, escondiéndose entre maleza que se encontraba por todos lados.

—Oliver, saca el contador geiger, debemos estar seguros que no hay radiación.

Oliver siguió las órdenes de Jack y sacó el contador geiger, logrando comprobar que efectivamente en esa zona no existía radiación alguna.

—El contador está en cero, Jack. Aquí no hay radiación, la costa sólo debe haber sido evacuada para impedir que se supiera el secreto de C4. – Oliver sacó un mapa de su mochila – vamos, en esta dirección se encuentra la mega planta nuclear – dijo Oliver mientras apuntaba con el dedo el camino que debían seguir.

Durante 5 días ambos caminaron a través de la confederación 4, sin embargo, fue al caer la noche del quinto día, cuando pensaban que no podían caminar un solo paso más debido al cansancio, cuando a lo lejos lograron ver lo que parecía ser la mega planta nuclear de la confederación 4 ubicada en la ciudad que alguna vez tuvo el nombre de Johannesburgo.

Oliver sacó unos binoculares de su mochila para poder ver con más detalle lo que estaba frente a ellos.

– ¡Wow Jack! ¿Lo puedes creer? Ahí está la mega planta nuclear de la confederación y no parece haber sufrido ningún accidente. Tú y yo vamos a reescribir la historia, esto es excitante ¿no lo crees? – dijo muy emocionado.

— ¡Esto no es un juego, Oliver! Concéntrate. Ahora tírate al suelo y guarda silencio, escucho que alguien viene.

Jack y Oliver se escondieron agachados entre la maleza, ya que se escuchaba el sonido de un par de voces a lo lejos, las cuales se aproximaban en su dirección.

—Qué día tan aburrido, aquí nunca pasa nada. No sé para que nos ordenan patrullar esta zona, aquí no hay nadie ¿Quién intentaría salir a las demás confederaciones a morir por la radiación?

—Cállate y sigue las ordenes, sólo tienes que hacer eso ¿Es tan difícil para ti? —Se pudo escuchar a dos militares discutiendo, mientras pasaban a un costado de Jack y Oliver, los cuales lograron pasar desapercibidos por estar escondidos.

— ¿Has escuchado eso, Oliver? al parecer a ellos también les han mentido y creen que en las demás confederaciones hubo problemas de radiación. Sigamos para ver que más encontramos.

Ambos se levantan y continúan caminando en dirección a la mega planta nuclear. Unos minutos más tarde lograron ver una pequeña aldea.

— ¡Mira, Jack! parece haber algunos edificios en esa dirección. Creo que deberíamos empezar a investigar en ese lugar.

—Está bien, vayamos a investigar.

Jack y Oliver se escabulleron sigilosamente para no ser detectados y lograron llegar hasta el punto donde estaban reunidas muchas personas. Ambos quedaron impresionados al ver lo que tenían frente a sus ojos.

— ¡Es una ciudad, Jack! Tal vez sea la capital de C4. Aquí no parece haber pasado nada malo, los edificios las casas, las calles, todo luce perfecto ¿Lo ves Jack? ¡Yo estaba en lo correcto!, aunque es como si en este lugar se hubiera detenido el tiempo. ¡Mira, Jack, por allá! – Oliver se sorprendió al ver a un grupo de personas ancianas.

—Son personas ancianas, creo que nunca habías visto en persona la apariencia física de un anciano ¿no es así Oliver?

— ¡Sólo las había visto en fotografías, Jack! – Oliver sacó una pequeña cámara de su mochila y comenzó a tomar algunas fotografías.

—Antes de que existiera Cronos Corp. ese era el destino de toda la humanidad, Oliver. A veces suelo pensar en que nunca debimos romper esa regla natural. –Dijo Jack con un semblante serio.

— ¡Oye Jack!, ¿por qué la gente es vieja aquí? ¿Acaso no se rejuvenecerán aquí? –Oliver estaba muy desconcertado.

—No lo sé Oliver, debemos investigar un poco más. Tenemos que ir al centro de servidores de C4, probablemente en ese lugar encontraremos más respuestas ¿Tú sabes dónde está ubicado el centro de servidores en esta confederación?

— ¡Claro! Según unos mapas que conseguí de C4 dice que el centro de servidores está a un costado de la mega planta nuclear.

— Espero que así sea, Oliver.

Sin esperar más tiempo, ambos se escabulleron en la población tratando de mezclarse entre la multitud para no ser detectados.

—Trata de verte como si fueras una persona de esta ciudad, Oliver –Sin embargo, Oliver seguía tomando fotografías de todo el lugar – ¡Guarda inmediatamente esa cámara! podrían descubrirnos – le dijo Jack bastante enojado.

—Lo siento, Jack, es que estas personas son muy distintas a nosotros. Su apariencia, sus costumbres y su tecnología... al parecer los han tenido sin contacto con la tecnología, Jack, ¿Cómo haremos para mezclarnos sin que noten que no somos de este lugar?

—Tenemos que conseguir algo de ropa de este lugar para esconder nuestra apariencia – dijo Jack mientras buscaba en los alrededores algo que le pudiera servir.

–Sígueme, Oliver, he visto un lugar que nos servirá.

Jack vio una modesta tienda de ropa. Ambos pasaron caminando por un costado de la tienda y despistadamente tomaron unos sombreros. No obstante, Jack se sentía intranquilo por haber tomado los sombreros sin pagarlos, así que regresó y discretamente arrojó cien pangeros al interior de la tienda para después salir corriendo.

—Ponte este sombrero, Oliver. Por lo menos nos ayudará a ocultar nuestra apariencia un poco.

Después de caminar a través de toda la ciudad y ya muy cansado Jack preguntó:

— ¿Falta mucho para llegar al centro de servidores, Oliver?

—Si este informe dice la verdad, debe de estar doblando la siguiente esquina – aseguró Oliver.

— ¡Lo sabía, hemos llegado, Jack!, espera un momento, apártate, mira: tienen cámaras de seguridad, creo que esto confirma que estamos en el lugar correcto.

Los dos se escondieron en la esquina de un edificio que estaba justo al frente del centro de servidores. Jack inmediatamente se dio cuenta que es idéntico al centro de servidores de la confederación 1.

— ¿Habrá una entrada trasera como en el centro de servidores de la confederación 1? –Preguntó Jack sin dejar de ver el edificio.

— Sí, todos los centros de servidores están hechos con los mismos planos, así que todos cuentan con una entrada y salida exclusiva para los trabajadores. Sólo tenemos que esperar a que uno salga o entre. Ya que no estoy en mi centro de operaciones, no puedo abrir la puerta remotamente ni activar las alarmas para distraer a los guardias, esta vez debemos esperar. Debemos tener cuidado y salir del cuadro de visión de la cámara o por lo menos escondernos cuando la cámara gire hacia nosotros.

Jack se alejó y buscó en los alrededores algo que pudiera ser de utilidad. Unos instantes después regresó con dos cajas de gran tamaño.

—Usaremos estas cajas de cartón, al parecer son de algún tipo de maquina grande. Con esto nos esconderemos de las cámaras.

—Jack y Oliver se escondieron dentro de las cajas de cartón a las cuales les perforaron algunos orificios para poder ver mientras caminaban escondidos. Instantes después Jack vio un grupo de guardias que se dirigían en su dirección, rápidamente ambos detuvieron su andar quedando totalmente inertes, logrando que los guardias pasaran a su costado sin detectarlos. Una vez que los guardias se fueron, siguieron caminando hasta que por fin observaron la entrada de los empleados.

— ¡Mira Jack! Alguien está a punto de entrar. Esperemos hasta que ingrese, después avanzaremos lo más rápido que podamos ¿Estás listo? ¡Ahora! Corre lo más rápido que puedas, Jack, antes de que la puerta se cierre.

Jack y Oliver corrieron a su máxima velocidad, procurando sostener cada uno la caja que los cubría de las cámaras.

«¡Demonios!» Pensó Jack al observar que de seguir cubriéndose con la caja no lograría llegar a tiempo.

Jack se quitó la caja de encima para correr más rápido, sin embargo, al ver que aun así no lo lograría se quitó el sombrero y lo arrojó con dirección a la puerta para tratar de evitar que se cerrara.

— ¡No lo puedo creer, lo logre! —Jack estaba muy sorprendido al ver que el sombrero había evitado que la puerta se cerrara.

— Ahora entremos, Oliver. Veamos que nos tiene preparado C4. — Ambos entraron sigilosamente al centro de servidores, cuidadosamente cerraron la puerta.

—Jack, como te lo comenté anteriormente, el diseño, sistema y administración de todos los centros de servidores debe ser igual en todas las confederaciones. Ya que tu estuviste en el centro de servidores de la confederación 1 debes de saber el lugar exacto donde se ubica la puerta que dice ''Ghost files''.

— Recuerdo perfectamente el lugar donde está esa puerta ¡Sígueme! — Jack dirigió a Oliver por los pasillos del centro de servidores, algo encandilados por la gran iluminación blanca del edificio. No obstante, después de unos minutos lograron encontrar la puerta indicada.

— Mira Oliver esta es la puerta. Aunque esta vez no es igual a la puerta de la confederación 1, la pantalla no dice nada y no tiene el código para el anagrama ¿Tienes la contraseña?

—No la tengo, debemos conseguirla. Los empleados que tienen uniforme de color rojo tienen acceso total, busquemos uno y hagamos que nos de la contraseña– responde muy entusiasmado.

Ambos se proponen encontrar a dicho sujeto y lo buscan por las instalaciones. Al dar la vuelta por un pasillo lograron visualizar caminando a un trabajador con las características que buscaban.

— ¡Mira Jack! ahí viene uno de uniforme rojo, esperemos a que se acerque un poco más para ver si es de acceso total- dijo hablando con voz baja casi susurrando para evitar que los escucharan.

Al acercarse el trabajador se escondieron detrás de un locker. Sin embargo, pudieron ver su gafete confirmando que era la persona que necesitaban.

— ¿Cómo conseguimos que nos de la contraseña?

—Déjamelo a mí, Oliver –Jack caminó sigilosamente detrás del trabajador y cuando lo alcanzó le puso una pistola en la espalda y con su otra mano tapo la boca del sujeto para evitar que gritara.

—No hagas ningún movimiento en falso o te asesino– Jack encajó el cañón de su pistola contra la espalda del hombre y lo llevó directamente a la puerta que deseaban abrir.

— ¡Ahora necesito que abras esta puerta! Ingresa la contraseña. Si no lo haces te llenaré la cabeza de plomo. – el tono de voz de Jack cambió a un tono grave para ser más amenazante.

— ¡No lo haga, por favor! Señor, tengo dos hijas, no me haga daño – suplicó llorando por su vida aquel hombre. – Aquí está la contraseña — con las manos bastante temblorosas ingresó la contraseña en la pantalla. Inmediatamente la puerta se abrió y los tres ingresaron a la habitación.

— ¡Tú! Colócate en esa esquina y no te muevas — le dijo Jack al trabajador. Rápidamente el hombre se posicionó en la esquina que le indicaron quedándose agachado con mucho miedo.

— Es tu turno, Oliver. Si recuerdo bien, los servidores con la línea amarilla deben de estar en el último pasillo, ve y conecta la computadora a uno de los servidores.

—Está bien, Jack. Veamos que encontramos aquí. – Oliver se fue en busca de los servidores con líneas amarillas. «Según lo que me dijo Jack, debo de estar cerca de los servidores correctos». Después de unos metros por fin logró encontrarlos e inmediatamente conectó la computadora para comenzar a revisar los archivos.

— Jack, ven rápido. Ya encontré los servidores. – Le gritó a Jack entusiasmado.

Jack ordenó al trabajador levantarse y juntos se dirigieron a la posición de Oliver para tratar de descubrir el misterio de C4. Al llegar, se quedaron observando mientras Oliver trabajaba. En la pantalla negra de la computadora comenzaron a aparecer letras blancas, las cuales Oliver comenzó a leer en voz alta:

PROYECTO C4

Ultra secreto.

Autorización del proyecto: Presidente George Sanders

Encargado de la recolección de células madre y ADN: Gobernador Tom Rogers

Inicio del proyecto: marzo 2076.

Objetivo: Aislar a la población de la confederación 4 de cualquier medio de comunicación y tecnología para obtener el mayor número de células madre para el rejuvenecimiento de las personas en las confederaciones 1, 2 y 3.

Causa: Cronos Corp. necesita cantidades muy grandes de células madre y ADN, pero la recolección voluntaria ha fracasado en todo el mundo. Las reservas de células madre de Cronos Corp. son insuficientes ante la creciente demanda y crecimiento de la población. Se necesita una gran cantidad de células madre para cada procedimiento de rejuvenecimiento las cuales no deben estar mutadas con el suero de rejuvenecimiento con anterioridad. – Terminó de leer Oliver bastante impresionado.

—Al Parecer hay más información, Jack, pero no puedo decodificarla desde aquí. Tendría que llevarme la información para decodificarla en mi centro de mando, pero recuerda que no se puede copiar nada o activaríamos una alarma.

— ¡Espera, Oliver! Acabo de ver algo entre todos esos archivos, pero ¿Qué significara esto? —Dijo en voz baja mientras levantaba una ceja y colocaba una mano en su mentón.

— ¿Qué fue lo que viste Jack? —Preguntó muy angustiado.

—Está carpeta dice: proyecto eliminación total Alaska, fecha 5 de marzo 2140, es la fecha en que sucedió aquel trágico accidente.

Jack se sintió algo mareado y con la vista nublada, así que decidió sentarse e inmediatamente comenzó a recordar y a contar todo lo que había sucedido diez años antes.

5 de marzo 2140

—Joshua no te alejes demasiado, podría ser peligroso. Las avalanchas son muy comunes en estos lugares.

—No pasa nada papá. Relájate, todo está bien. —Dijo un joven, alegre y despreocupado Joshua a su padre.

— ¡Mira papá parece que ya iniciaron los fuegos artificiales! —Joshua señaló la cima de una montaña donde se podía ver un gran resplandor seguido de un gran rayo de luz insonoro que partió al horizonte, sin embargo, antes de que Jack pudiera voltear a ver el espectáculo, una mujer los interrumpió. Era una mujer rubia, de estatura baja y cuerpo atlético. Se trataba de Emily, la esposa de Jack.

—Jack ¿Ahora si me podrías decir por qué se organizó este viaje? ¿Por qué nos trajiste aquí de sorpresa? —Preguntó Emily muy emocionada.

—Claro, hoy es el aniversario número setenta de Cronos Corp. y decidieron regalar un viaje a todas las personas que pudimos ver el nacimiento de esta maravillosa empresa. Somos las primeras personas que se rejuvenecieron. Cronos Corp. decidió que el evento fuera aquí en la confederación 1 en Alaska.

— ¡Es grandioso que eligieran este sitio! ¡A Joshua y a mí nos encanta la nieve! –Dijo sonriendo mientras formaba una bola de nieve del suelo para arrojársela a la cara a Jack.

—Seguramente al presidente Sanders le gusta esquiar o escalar montañas. Después de todo también es el presidente de esta empresa. Disfrutemos de este viaje Emily, en estos años no hemos podido disfrutar de unas buenas vacaciones, además, podemos conocer nuevos amigos. Mira todas las familias que hay aquí.

Sorpresivamente el sonido de un micrófono encendido se hizo presente y el presidente George Sanders se paró frente a la multitud para dar breve discurso.

—Buenos días, damas y caballeros. Es un orgullo para Cronos Corp. y para mí tener a tantas familias acompañándonos en nuestro 70 aniversario. El día de hoy subiremos la montaña hasta una cabaña especial que está a dos horas de camino donde les espera una fantástica fiesta y muchos regalos. Todo por cortesía de Cronos Corp. Así que, prepárense tomen algunas provisiones y suban hasta la cima de la montaña. Los esperamos en la cabaña, por último, pero no menos importante, ¡diviértanse! – Al despedirse, el presidente y se dio la vuelta, pero inmediatamente se regresó.

— ¡Esperen! Olvidé decirles que la familia que llegue primero recibirá un premio de 500,000 pangeros en efectivo. Ahora si es todo lo que tenía que decir pueden subir cuando quieran. – Todas las personas presentes aplaudieron y ovacionaron al presidente Sanders.

— ¿Escucharon eso? Debemos ganar esos pangeros, nos servirían mucho para cubrir los gastos de la casa después de haber tenido que repararla por el pequeño incendio de hace unas semanas.

— Está bien Jack, ganaremos ¡estoy contigo!

—Yo también te apoyo papá. Ganaremos esos pangeros.

Todas las familias se alistaron con provisiones y comenzaron a subir la montaña para intentar llegar lo antes posible a la cabaña y ser los ganadores del premio de 500,000 Pangeros. La familia de Jack fue la primera en comenzar a subir, bastante optimistas, no obstante, el camino que debían recorrer. Visto desde abajo parecía no tener final.

—Ha pasado una hora ¿crees que falte mucho? – Emily ya estaba bastante cansada de escalar la montaña.

—El Presidente Sanders dijo que la cabaña estaba a dos horas de camino, debemos de estar justamente a la mitad del camino. Sigamos adelante —Contestó Jack —Esto me recuerda a mis días como militar –Añadió con emoción.

— ¡Que prolongada es está pendiente, papá!, ¿podemos descansar por un momento? —Pregunto Joshua quién comenzaba a arrastrar los pies en la nieve debido al cansancio.

—Está bien Joshua, comamos algunas provisiones y seguiremos subiendo en 5 minutos. –farfulló Jack al tiempo que se quitaba la mochila.

Jack y su familia disfrutaron de la vista durante unos minutos mientras comían sus provisiones, sentados en una roca de gran tamaño. No había señales de tormenta a pesar del cielo nublado. Algunos de los rayos que lograban atravesar los nubarrones se estrellaban en la nieve lejana formando una especie de aurora diurna que daba a la escena un toque de perfección.

—Qué hermoso es este paisaje –Exclamó Emily en un susurro mientras recostaba su cabeza en el hombro de Jack.

—Así es, me da gusto estar aquí con ustedes —Dijo Jack antes de ponerse de pie y colgarse de nuevo la mochila —Ya comimos y descansamos un poco, debemos seguir subiendo si es que queremos ganar esos Pangeros. –Exclamó alegremente Jack, al parecer estaba muy motivado en ganar el dinero.

— ¿Papá, escuchas eso? Es una persona gritando, pero no entiendo lo que dice y tampoco veo de donde viene.

—Tienes razón Joshua, montaña abajo veo a alguien, parece que quiere decirnos algo, pero no logro distinguir su rostro o escuchar lo que trata de decir.

En ese instante se escuchó una fuerte explosión proveniente de la cima de la montaña, enseguida vieron como una gran avalancha se dirigía directamente hacia ellos.

— ¡Papá! ¿Qué es eso? —Gimió angustiado Joshua mientras retrocedía uno pasos, escéptico de lo que veían sus ojos.

— ¡Corran! ¡Emily, Joshua corran montaña abajo! ¡Quítense las mochilas! —Emily y Joshua dejaron caer sus mochilas tratando de no tropezar en su carrera. La mochila de Jack estaba atorada y a pesar de los esfuerzos no pudo quitársela. Los jalones le dejaron escozor en los brazos y los hombros lastimados, pero no había tiempo, tenían que continuar corriendo.

– ¡Más rápido, Joshua! ¡Vamos Emily, tenemos que escapar! –gritó desesperadamente. Un dolor como un puñetazo en el costado lo dejó sin aire.

Los tres trataban de correr lo más rápido que podían, pero la profundidad de la nieve dificultaba su huida.

«¡Maldición! no lograremos escapar, se aproxima demasiado rápido» –Pensó Jack mientras buscaba ansioso un lugar para resguardarse.

— ¿Qué hacemos? ¡Papá no quiero morir! – Exclamó Joshua angustiado.

La desesperación de Jack siguió en aumento, no sabía qué hacer para salvar a su familia. Cuando estaba a punto de perder las esperanzas la salvación se materializó frente a sus ojos.

— ¡Miren! ¡Ahí!

Emily y Joshua respondieron a su señal y se sujetaron fuertemente de los brazos de Jack, mientras duplicaban sus esfuerzos por escapar.

–Debemos llegar hasta allá, sujétense muy fuerte de mis manos y corran lo más rápido que puedan, no me suelten por ningún motivo. –Rogaba Jack en su mente, para que todo terminara.

Los tres mantenían su vista fija en la pequeña cueva que, como un destello de esperanza, parecía crecer a cada paso. Corrieron desesperados, pero a escasos metros de llegar sintieron un golpe helado que los atrajo en un abrazo brutal. En un segundo fueron engullidos por la avalancha y arrastrados hacia un precipicio. El mundo se volvió negro, lo único que Jack podía sentir era dolor y el peso de ese fardo inútil que llevaba a la espalda haciendo vana cualquier lucha.

Su cuerpo inerme era arrastrado con furia por el hielo y azotado por las rocas filosas que desgarraban su carne, sin embargo, ninguna pena se comparaba con el pánico de perder a su familia a quiénes sujetaba con desesperación.

La potencia que lo empujaba cedió repentinamente sustituida por algo peor, una fuerza que lo atraía hacia el vacío. El intenso rugido de la avalancha ahogaba sus gritos, caían. Ese era el final.

Un fuerte tirón lo detuvo; su mochila se había atorado, tal vez en una roca. La nieve y el resto de la avalancha seguían cayendo dificultando la respiración e impidiendo la vista. Sabía que Emily y Joshua seguían allí, colgando de sus manos. Sentía el ardor en ambos brazos; no creía poder retenerlos por más tiempo. Por fin la nieve aminoró permitiendo ver. Miró hacia abajo y la impresión lo dejó mareado. Abajo, muy abajo solo había rocas y una caída larga. Rápidamente analizó la situación, por encima de él colgaba una cuerda sujeta a un risco de la que pendía un arnés; uno de los ganchos se había enredado en la mochila; era lo único que los sostenía.

— ¡Papá ayúdame por favor, no me sueltes! —Gritó desesperado Joshua al ver el precipicio.

— ¡Sujétate fuerte Joshua! No te soltaré, lo prometo. —Sin embargo, el sonido de una tela desgarrándose interrumpió a Jack. Su mochila comenzaba a romperse lentamente justo donde quedó atorada con el arnés.

— ¡Jack, si tu mochila llega a romperse los tres caeremos al vacío! Por favor Jack, suéltame a mí y salva a Joshua, sálvalo a él. —Le suplico Emily con lágrimas en los ojos.

— ¡Jamás te soltaré Emily! ¡No pienso perderte! ¡Por favor sujétense fuerte! –No obstante, la mochila continuaba rompiéndose lentamente profetizando un trágico final.

— ¡Jack, no puedes salvarnos a los dos! No te preocupes por mí. Todo estará bien. Hiciste tu mejor esfuerzo, ahora sólo cuida de Joshua. –Hijo, se fuerte. Siempre estaré a tu lado, ahora debo soltarme para que ustedes puedan vivir o de lo contrario moriremos los tres.

— ¡Emily no lo hagas! ¡No te sueltes por favor! –Jack Le suplicó una vez más entre lágrimas y con la voz entre cortada

—Los amare eternamente a los dos. —Dijo Emily con una sonrisa en su rostro, en ese instante Emily suelta la mano de Jack.

— ¡Emily!

— ¡Mamá!

Emily cae en el profundo precipicio perdiéndose de la vista de Jack.

— ¡Joshua! ¡Joshua!, mírame, no dejes de mirarme te prometo que no voy a soltarte. Ahora dame la otra mano para levantarte. —Inesperadamente el guante de Jack comenzó a salirse de su mano lentamente.

«¡No! ¡Esto no puede estar pasando!» –Pensó Jack bastante angustiado.

— ¡Papá, tu guante…! ¡Me resbalo! ¡Papá…!

Joshua también cae al profundo vacío al igual que Emily, las lágrimas no paran de brotar de sus ojos y con una mirada incrédula, Jack observo como Joshua desaparecía de su vista.

— ¡Joshua!, ¡Emily! —Jack grita desenfrenadamente deseando también caer al vacío, pero su mochila seguía aferrada al arnés que estaba amarrado en una piedra manteniéndolo colgado al borde de la muerte.

Después de recordar y contarle ese trágico momento a Oliver, Jack se quedó en silencio por un momento.

— ¿Qué pasó con tu familia?, ¿murieron? —Pregunto Oliver el cual se encontraba llorando al conocer el pasado de Jack.

—Nunca encontraron sus cuerpos, durante mucho tiempo me dediqué a buscarlos, pero nunca los encontré, es como si hubieran desaparecido. Tal vez quedaron sepultados en la nieve o quizás cayeron en alguna corriente subterránea hasta que un día simplemente me di por vencido y decidí continuar con mi vida.

— ¿Por qué no me habías contado esta historia Jack?

—Simplemente no lo creía necesario, además, no tengo mucho tiempo conociéndote.

— ¿Cómo fue posible que salieras vivo de ese trágico suceso Jack?

—Después de ver caer al precipicio a mi familia me quede colgado sujetado solo por mi mochila, sin embargo, no sé qué paso después ya que me desmaye, tal vez por la impresión o la acumulación de sangre en mi cerebro, pase todo un día colgado gracias a mi mochila que se aferraba a ese arnés. Al despertar me encontré en la cabaña de una pareja, los cuales me rescataron de una muerte segura, pase unos meses con esa pareja, ellos me ayudaron y me devolvieron las ganas de vivir, yo no estaría aquí, sino fuera por ellos.

— ¡Tengo que saber más de ese proyecto, Oliver abre la carpeta por favor!

—Está bien la abriré. —Oliver se dispuso a abrir el archivo, no obstante, algo inesperado ocurrió.

– ¡Jack tenemos un problema!, necesitamos una contraseña para abrir esta carpeta.

Jack sujeto al trabajador por el cuello y le dijo bastante molesto:

—Tú debes conocer esa contraseña, ingrésala ahora mismo, si no quieres morir en este instante.

—Está bien señor, pero no me haga daño, yo solo trabajo aquí, yo no le hecho nada a usted. –Dijo muy asustado implorando por su vida.

Inmediatamente el hombre ingresa la contraseña y al abrir el archivo, información confidencial aparece frente a sus ojos:

Información Clasificada nivel 5

Proyecto eliminación total Alaska 5 de marzo 2140

Encargado del proyecto: George Sanders

Objetivo: Eliminar a la primera generación de personas que fueron rejuvenecidas en Cronos Corp.

-Jack sucede lo mismo con este archivo, solo se pueden leer algunas cosas lo demás esta codificado y lamentablemente no puedo copiar el archivo para llevármelo. –Dijo Oliver un poco decepcionado.

Sorpresivamente en ese instante una alarma comenzó a sonar por todo el edificio, rápidamente Oliver desconecto todo el equipo de los servidores.

— ¡Jack nos detectaron tenemos que irnos!

—Tu activaste esa alarma ¿no es así? —Le pregunto Jack al trabajador sujetándolo del traje con ambas manos.

—La alarma se activó sola desde el momento en que ingrese la contraseña para abrir ese archivo, es información nivel 5, a pesar de tener las claves de acceso no estoy autorizado para abrir esos documentos. —Respondió el hombre con la voz entrecortada bastante asustado.

— ¡Suéltalo Jack, es momento de retirarnos! –Dijo Oliver y apresuradamente se colgó la mochila con todo su equipo técnico.

Jack y Oliver se apresuraron a salir de la habitación, pero antes de que pudieran abrir la puerta, un grupo de guardias armados derribaron la puerta, logrando detenerlos a ambos.

— ¡Suéltenme! —Grito Jack encolerizado, forcejeando con todas sus fuerzas, tratando de soltarse de las manos de los guardias, sin embargo, un gran número de los mismos lo sujetaron logrando someterlo, Oliver no tuvo más suerte puesto que también fue sometido y despojado de su equipo técnico.

—Cúbranles el rostro y espósenlos después lleven a estas basuras con el Gobernador Tom Rogers. –Dijo el capitán de los guardias.

Jack y Oliver fueron llevados directamente a un edificio subterráneo ubicado a 5km de la planta nuclear. En ese edificio se encontraba el Gobernador Tom Rogers quien decidiría el destino que les depararía.

— ¡Señor Rogers!, aquí están los sujetos que estaban husmeando en los servidores. –Dijo uno de los guardias al mismo tiempo que arrojaron al piso a Jack y Oliver.

— ¡Descúbranles el rostro!, revisen si traen alguna identificación. —Ordeno Rogers e inmediatamente le entregaron las identificaciones de ambos.

Con la vista aún borrosa y estando en el suelo Jack pudo ver que los tenían detenidos en una habitación pequeña, sin ventanas y con poca iluminación.

—Veamos, a quien tenemos aquí –Rogers reviso las credenciales de ambos. –Así que, se llaman Jack Blair y Oliver Walcott, ambos de la confederación 1 ¿qué están haciendo aquí? ¿Qué hace tan lejos de casa señor Blair? –Dijo mientras caminaba de un lado a otro.

—Estoy buscando a mi amigo, se llama Anthony Wood sé que ustedes lo trajeron a C4, dime donde lo tienen. ¿Por qué están haciendo todo esto? ¿Por qué tantas mentiras de la confederación 4? –Dijo mientras trataba de quitarse las esposas.

—Jajá me parece que no se encuentra en posición de exigir nada señor Blair y le recomiendo que deje de intentar quitarse las esposas solo lograra lastimarse. —Respondió Rogers.

Al escuchar la risa de Rogers, una fuerte sensación apareció en Jack «¡Esa risa! ¿Por qué me causa esta sensación? Es como si ya hubiera escuchado antes esa risa» Pensó bastante consternado.

—llévense al más chico al parecer nunca se ha rejuvenecido puede servirnos como sujeto de pruebas. —Ordeno Rogers.

— ¿A dónde me llevan? ¡Suéltenme! ¡Ayúdame Jack! –Oliver forcejeo con todas sus fuerzas, sin embargo, entre dos guarias se lo llevan arrastrando.

— ¡Déjenlo! ¿Qué le van a hacer? —Dijo lleno de ira. Sorpresivamente Jack logro ponerse de pie y se dispuso a atacar a Rogers, sin embargo, uno de sus guardias lo somete con un golpe en el abdomen provocando que se quede tirado en el piso nuevamente.

—Usted debería de preocuparse más por lo que le vamos a hacer a usted señor Blair. —Respondió Rogers.

—Al parecer no entendió el mensaje que le dimos al sacarlo de la carretera Sr. Blair. Aquella vez tuvo suerte, pero ahora será diferente, pagará por haberse entrometido en nuestro camino. Llévenselo y mátenlo, pero primero tortúrenlo, quiero que se arrepienta de haber venido a este lugar.

Aún bastante adolorido por el golpe Jack no puede defenderse, los guardias aprovechan esa situación para llevárselo a otra área donde será torturado según las ordenes de Rogers.

Durante dos días continuos Jack es encadenado y torturado en un área grande y obscura, se escuchan gritos por doquier, tan solo en el cambio de guardia es cuando puede descansar de la tortura y justo cuando estaba a punto de caer desmayado logró escuchar que alguien lo llamaba: —Señor Blair llegó el momento de su ejecución, aunque antes que eso suceda déjeme contarle que lo hemos investigado y sé que usted es un antiguo militar de la vieja escuela. ¿No es así señor?

—Así es, si me quitaras estas cadenas te enseñaría un par de lecciones niño. —Respondió Jack bastante fatigado y herido a punto del colapso.

—Entonces vamos a jugar un poco más ¿qué le parece?, vamos a ver quién le da lecciones a quien. En este momento le voy a quitar las esposas y las cadenas para que se pueda defender si logra ganarme conseguirá su libertad y si yo gano, bueno... no habría necesidad de esperar a su ejecución.

Jack se encontraba bastante golpeado, además, de cansado no había comido nada desde que lo capturaron, así que también estaba demasiado débil y deshidratado.

—Empezare por quitarte las esposas. —Dijo el guardia y se acercó para liberarlo, bastante confiado por la notoria debilidad que mostraba Jack. Sin embargo, al acercarse lo suficiente Jack paso sus manos por encima de la cabeza del guardia y con la ayuda de las esposas y la cadena que las une logro ponerse en posición para estrangularlo. Jack se tira de espalda al suelo provocando que el guardia caiga sobre él, sin embargo, no deja de estrangularlo con las esposas, el guardia lo golpea una y otra vez, no obstante, el nunca sede ante los golpes, hasta que poco a poco el guardia va perdiendo fuerza y logra asfixiarlo. Jack se quitó de encima al guardia y le quito las llaves para liberarse de las esposas y las cadenas. Una vez liberado, miró fijamente el cuerpo del recién occiso en el cual pudo notar que en uno de sus brazos tenía un tatuaje que decía: **"Tte. Sherman M"** Después de ver ese tatuaje Jack recordó a la aldea Escarlata de la confederación 2 y en voz alta se dirige al cuerpo diciendo:

—Primera lección de la vieja escuela, nunca subestimes a tu enemigo por más débil que este parezca. —Inmediatamente con la poca fuerza que le quedaba se dispuso a encontrar una salida, sin embargo, el área era bastante grande, para su fortuna logro ver un pequeño mapa del edificio pegado en una pared, el cual indicaba una salida muy cerca de él, se trataba de una escalera que subía por un pasillo muy estrecho y obscuro, no importándole ese detalle decidió subir, cuando ya había subido 4 pisos logro ver un haz de luz a lo lejos.

«Tal vez sea la salida» Pensó bastante emocionado mientras subía recargándose en las paredes del pasillo. —Sorpresivamente una alarma comenzó a sonar por todo el edificio.

—Parece que ya se percataron que me escape, debo apresurarme a salir de este maldito lugar. —Murmuro y continúo subiendo por las escaleras.

Jack camino lo más rápido que pudo ya que no podía correr, estaba a punto del desmayo, sin embargo, nunca se rindió y con mucho esfuerzo logró salir del edificio, a pesar de estar desorientado camino por un sendero con dirección a la ciudad, aunque desgraciadamente su agotamiento era tanto que cae desmayado en la acera. Una joven descuidada que caminaba por ese mismo sendero se tropezó con el cuerpo de Jack y al reincorporarse le dijo:

— ¿Te encuentras bien? ¡Despierta por favor! ¿Quién te hizo esto?, ¿quién eres?, ¿cómo te llamas? —La mujer sacudió y golpeo suavemente en repetidas ocasiones los cachetes de Jack tratando de hacerlo reaccionar.

Jack reacciono a las palabras de aquella joven y con un tono muy suave casi susurrando logró pronunciar a su oído: —Mi nombre es Jack Blair. —Inmediatamente cayó inconsciente nuevamente.

Capítulo 5
El infierno

«Han pasado dos días y el hombre no ha despertado creo que tendré que despertarlo de alguna manera» Pensó Emily mientras veía dormir a Jack.

«Viéndolo bien sin esas heridas es un hombre muy atractivo, ¡que estoy pensando ni siquiera conozco a este hombre!» Pensó Emily y se sonrojó.

— ¡Despierta hombre! ¡Despierta! —Después de varios intentos para despertar a Jack, Emily consiguió despertarlo.

— ¡Qué alegría por fin has despertado! comenzaba a preocuparme porque no despertabas. —Dijo amablemente con una sonrisa.

— ¿Quién eres tú? —Pregunto Jack al mismo tiempo recorrió con su mirada una pequeña habitación en la que se encontraba. —¿Dónde estoy? —Lanzo otra pregunta.

—Tranquilo ya todo está bien, soy Emily, te traje a mi casa, te encontré muy golpeado y ensangrentado en un sendero que esta entre la ciudad y el campo, pero ya te he curado.

— ¿Emily has dicho? —Inmediatamente recuerdos de su esposa inundan su mente provocando que se pare de la cama abruptamente.

— ¿Te sientes bien? —Pregunto algo asustada por la reacción de Jack.

—Si perdóname Emily solo recordé algunas cosas. Te agradezco todo lo que has hecho por mí, no tengo como agradecértelo.

—Podrías empezar contándome ¿quién eres?

—Mi nombre es Jack Blair.

—Si eso ya lo sé, me dijiste tu nombre cuando estabas tirado en la acera, pero ¿quién eres realmente?, ¿por qué te encontré en tan mal estado?, no reconozco tu cara y aquí todos nos conocemos puedo notar que tu acento al hablar tampoco es de este lugar.

—Tienes toda la razón Emily yo no soy de esta confederación, ¡yo soy de la Confederación 1! –Dijo Jack con un semblante muy serio.

Emily se retiró rápidamente de Jack y comenzó a hablar sola con un tono de voz muy alterado — ¡Oh no, por dios que hice! traje a una persona contaminada a mi casa, probablemente yo también ya este envenenada con la radiación debo de llamar rápido a Cronos Corp. para que manden a personas capacitadas y se lo lleven.

Al escuchar esas palabras, Jack se asustó al saber que Emily pretendía llamar a Cronos Corp.

— ¡No! ¡Espera Emily!, no llames a Cronos Corp., yo no estoy contaminado con radiación.

— ¡Si claro que lo estás! desde que los terroristas sabotearon las mega plantas nucleares de las confederaciones 1, 2 y 3 todas las personas quedaron contaminadas y se le prohibió la entrada a esta confederación. Yo todos los días ayudo donando células madre incluso trabajo muy duro en las cosechas para enviarles alimentos, incluso Cronos Corp. dejo de rejuvenecer a las personas hace muchos años para enfocarse en investigar una forma de limpiar la radiación de las personas. ¿Cómo puedes ser tan egoísta?, con el simple hecho de estar aquí pudiste haber contaminado a muchas personas, que con gusto ayudan a las personas de otras confederaciones. En este momento llamare a las autoridades para que te regresen a la confederación 1. –Emily estaba bastante enojada por la presencia de Jack.

— ¡Espera por favor! todo lo que te han dicho es una gran mentira, en ninguna confederación hubo saboteo en las mega plantas nucleares, a nosotros nos dijeron que la mega planta nuclear de la confederación 4 había estallado y que toda la confederación había sido evacuada. La confederación 4 hace muchos años que no existe para nosotros, esa ayuda que mencionaste jamás ha llegado a nosotros, en las confederaciones 1, 2 y 3 Cronos Corp. Jamás ha dejado de rejuvenecer a las personas, yo soy una muestra viva de ello tengo 121 años biológicos, pero 27 años aparentes.

— ¡Demuestra lo que dices Jack! —Levanto la voz Emily bastante iracunda.

—Por el momento no puedo demostrarlo, ya que unos guardias me quitaron todos mis documentos, mis credenciales, incluso mi holográfono ahí tengo fotografías de cómo está la confederación 1 actualmente.

— ¿Qué es un holográfono? —Pregunto muy desconcertada.

—Es cierto, al parecer también los privaron de la más avanzada tecnología. —Sin tener idea de cómo describir complejamente el dispositivo Jack se rasco la cabeza y dijo: —Un holográfono es un dispositivo pequeño, cabe en la palma de tu mano, sirve para comunicarte por medio de hologramas, tomar y guardar fotografías y muchas cosas más.

Emily se quedó bastante sorprendida ante la descripción del holográfono.

—Se nos prohibió cualquier tipo de comunicación, desde que se cerraron las fronteras a las demás confederaciones para evitar que trajéramos ilegalmente a personas como tú.

— ¿Personas como yo? —Pregunto con sarcasmo Jack.

—Así es, personas contaminadas, y ya que no tienes manera de como comprobar lo que dices es momento de llamar a las autoridades.

—Pero, ¿no acabas de decir que tienen prohibida la comunicación? ¿Cómo vas a llamarlos? —Pregunto Jack frunciendo el ceño.

—No es necesario un teléfono o un holográfono como el que mencionas, hay una estación de policías a dos calles de aquí. —Emily se dio la vuelta y se apresuró a abrir la puerta, sin embargo, Jack logró taparle el paso antes de que pudiera salir.

— ¡Espera Emily! –Le pidió de rodillas Jack – ¿Si hubiera una manera de comprobarlo me ayudarías?, dos días antes de que me encontraras en la acera, me habían capturado junto con un amigo su nombre es Oliver Walcott también es de la confederación 1, pero a diferencia mía a él se lo llevaron y lo encerraron para experimentar con él, a mí me torturaron durante dos días continuos, cuando estaban dispuestos a asesinarme logre liberarme y escapar al salir de un edificio en el que me tenían camine unos metros, sin embargo, debido a mis heridas me desmaye y fue justo cuando me encontraste. No obstante, recuerdo el nombre de la persona que está al mando, aquel que ordeno mi ejecución, su nombre es Tom Rogers.

— ¿Acaso quieres que crea que el gobernador Rogers sería capaz de hacer un acto como ese?, Rogers es la persona que el presidente George Sanders dejo al mando antes de morir y según lo que mi padre me contaba era un buen hombre. –Respondió enfurecida.

— ¡Estas equivocada Emily! el presidente Sanders no está muerto, él se encuentra en la confederación 1, solo te pido que me lleves al lugar donde me encontraste en la acera, desde ese punto recuerdo perfectamente cómo llegar al lugar donde me tenían preso. —Jack levanto y presiono la mano de Emily contra la puerta mirándola muy de cerca a los ojos tratando de lograr que confié en él.

–Emily ¿no te gustaría saber lo que realmente está ocurriendo en este lugar? –Continúo mirándola a los ojos sin parpadear.

Aunque Emily no confiaba totalmente en la historia de Jack, basto con verlo a los ojos para aceptar ayudarlo.

–Está bien Jack te ayudare, pero si descubro que estas tratando de engañarme te entregare inmediatamente a la policía, esta noche saldremos por la madrugada para que nadie nos vea, ¿estás seguro de recordar el camino?

—Claro, no te preocupes por eso. —Respondió alegre y bastante seguro de sí mismo.

La hora de salir de la casa de Emily había llegado, la luna se convertiría en el único testigo del caminar por la calle de ambos.

—Es una noche muy hermosa Emily, la casi nula contaminación en esta confederación, me permite ver un cielo como nunca antes lo había visto. —Dijo asombrado, sin poder dejar de ver el cielo.

—Fíjate por donde caminas Jack, sigue mis pasos sin hacer ruido, esta zona suele ser vigilada por militares durante la madrugada, aunque no siempre.

Ambos caminaron sigilosamente por las calles procurando esconderse de los militares, iluminados únicamente por la luz de la luna que en ese momento brillaba con todo su esplendor, hasta que por fin después de un tiempo llegaron a su destino.

—Este es el lugar en el que te encontré tirado en la acera, ahora dime ¿adónde tenemos que ir? —Emily se mostraba preocupada ya que nunca había hecho algo tan arriesgado.

— ¡Sígueme Emily! es por este camino. —Jack le señalo un sendero que estaba oculto entre la maleza. —Seguiremos por ese camino, nos conducirá a una edificación subterránea. —Jack se apresuró adentrándose en el camino antes señalado.

¡Sígueme Emily debemos darnos prisa! —Ambos caminaron por el sendero, hasta que unos metros más adelante lograron ver una edificación de 1 solo nivel.

— ¡Estoy sorprendida!, jamás había visto ese edificio a pesar de haber pasado muchas veces por este lugar. La maleza seca simulaba que solo era una zona abandonada. —Dijo algo escéptica.

—Eso no ya no importa, por el momento solo debemos concentrarnos en ingresar a ese edificio sin que nos vean, cuando logré escapar de este lugar, pude ver un mapa completo del edificio el cual dice que tiene 7 niveles y 6 de esos niveles son subterráneos yo estaba preso en el 4to nivel, tenemos que bajar y ver cada nivel. Debemos encontrar a mis amigos.

— ¡Espera Jack! ¿Dijiste amigos? Se supone que solo veníamos en busca de tu amigo Oliver y tus pertenencias. –Dijo enfurecida.

—Lo siento no te lo mencione, ya que tal vez no me creerías y no me ayudarías, en este lugar debe de estar mi mejor amigo, se llama Anthony Wood también lo capturaron a él y si corremos con suerte probablemente podamos salvar la vida de muchos hombres más. –Dijo Jack mientras intentaba calmar la furia de Emily al no conocer toda la verdad.

— ¡Escóndete Emily alguien viene! –Ambos se tiraron al suelo escondiéndose entre la maleza, inmediatamente un guardia que portaba un arma larga paso a un costado de ellos sin detectarlos.

—Lo ves Emily, te lo dije, este edificio está bastante custodiado, espero que no sigas dudando de lo que te dije. Esperaremos a que se aleje un poco más el guardia y lo sorprenderé por la espalda.

Cuando el guardia se había alejado lo suficiente, Jack comenzó a caminar sigilosamente hasta colocarse detrás de él, sin embargo, cuando estaba a punto de atacarlo por la espalda Emily estornudo a causa del polvo de la maleza, provocando que el guardia volteara y lograra ver a Jack el cual es golpeado severamente en varias ocasiones hasta dejarlo en el piso, el guardia apuntó con el arma a la cabeza de Jack y cuando estaba a punto de dispararle, Emily lo sorprendió por la espalda conectándole una patada en la cabeza logrando desmayarlo.

— ¡Wow! Emily fue una patada maravillosa ¿cómo lo hiciste? –Dice Jack mientras se levanta y escupe un poco de sangre.

—Gracias, no te había contado que imparto clases de artes marciales en mis tiempos libres, el golpe que le di solo lo mantendrá desmayado por un breve momento.

—Entonces sigamos adelante Emily, no perdamos el tiempo quitémosle las armas y amarrémoslo en ese cuarto que se ve al fondo.

Ambos cargaron al guardia hasta el cuarto que mencionaron con anterioridad donde lo encerraron, amarraron y amordazaron, inmediatamente Jack comenzó a abofetear al guardia una y otra vez con la intención de despertarlo, hasta que por fin logro despertarlo. Al despertar en un pequeño cuarto y verse privado de sus movimientos, el hombre bastante asustado trato de liberarse de sus ataduras, sin embargo, Jack lo detuvo.

—Basta de forcejeos no podrás liberarte, en este momento me vas a dar toda la información que necesito o de lo contrario morirás en esta habitación. —Le dijo Jack sujetándolo del uniforme.

—Te quitare la mordaza de la boca, si gritas será lo último que pronuncies ¿me escuchaste? —El guardia afirmo con la cabeza para que Jack procediera a quitarle la mordaza.

—Primero dime ¿qué es este lugar? —Pregunto Jack.

—Este edificio es conocido como "El infierno" entre más niveles bajas, el nivel de seguridad y horrores que encontraras va en aumento. —Respondió el guardia.

— ¿Que hay en cada nivel?, dímelo detalladamente. –Dijo Jack.

—Enseguida te diré que hay en cada nivel: —El guardia saco en pequeño mapa de uno de los bolsillos del uniforme.

Nivel 1 - Certificación: En este nivel solo es donde se checa que nadie entre al edificio sin autorización, este nivel es el que me corresponde cuidar a mí, no obstante, creo que no realice un buen trabajo ¿no es así?

Nivel 2 - Almacén: En este nivel encontraras registros de todas las personas que han estado cautivas en este edificio.

Nivel 3 - Seguridad: En este nivel encontraras el sistema de vigilancia y seguridad del edificio y de toda C4.

Nivel 4 – tártaro: Es el peor nivel de todos ya que es la sala de torturas y aislamiento tal vez logren llegar a este nivel, sin embargo, no creo que logren salir con vida.

Nivel 5 - Patio: Es un área común donde los presos conviven antes de que sean dirigidos a un área específica.

Nivel 6 - Laboratorio: Como su nombre lo dice, aquí se realizan pruebas en todos los prisioneros.

Nivel 7 - Campos Elíseos: Es difícil describir este nivel ya que es como si existiera un mundo diferente debajo de este edificio, es un área muy grande casi como un bosque, si logran llegar a este punto deben buscar una mansión en ese lugar está el gobernador, el señor Tom Rogers ¿no necesito resaltar que es el nivel que más seguridad tiene verdad?, solo personas con autorización de iris y huella pueden pasar, recuerda esto: en cada nivel necesitas la identificación de por lo menos un guardia de lo contrario no podrás pasar, es todo lo que se de este edificio. —El hombre le entrego el mapa a Jack para que se guiara.

—Gracias por la información no voy a matarte, pero te voy a poner a dormir para que no interfieras. —Le dijo Jack y le dio un cachazo con el arma, volviendo a desmayarlo.

—Me pondré el uniforme de este sujeto para pasar desapercibido, después bajaremos al segundo nivel. Necesitamos ver los registros de las personas que se encuentran cautivas en este maldito edificio. –Dijo Jack bastante enojado.

Nivel 2 – Almacén.

—Este edificio es muy extraño, no es suficiente con que sea un edificio subterráneo, también estamos bajando en círculos como si bajáramos por un caracol —Dijo Emily bastante sorprendida con la edificación.

—Vamos Emily, debemos darnos prisa —Dijo Jack mientras bajaban corriendo por unas escaleras.

— ¡Espera Emily, veo un guardia! creo que hemos llegado al nivel número dos. –Dijo Jack y detuvo su andar.

– ¿Qué vamos a hacer para burlar al guardia? —Pregunto Emily un poco nerviosa.

—Mira Emily aquí hay una máquina de Crofee ¿tienes una moneda? —Jack estiro su mano con la esperanza de que Emily tuviera una moneda.

—Si aquí tengo un pangero, pero ¿para qué lo quieres? No me digas que vas a tomar un café en este momento.

— ¿Café?, ¿Acaso no conoces los Crofee? «Creo que no debería de sorprenderme, después de todo los han tenido aislados de muchas cosas» Pensó Jack —Después te diré lo que es, no obstante, por el momento espera, ya verás para que quiero la moneda, solo necesito romper un pedazo de mi camisa y utilizare mis agujetas y esta moneda para hacer una honda, este truco lo aprendí cuando era militar. Espérame un momento Emily no tardo, solo escóndete de las cámaras donde no te vean.

Jack se dirigió caminando tranquilamente hasta donde estaba el guardia, confiado en que no sospecharía de el por vestir el mismo uniforme que el guardia portaba.

— Qué tal amigo, estoy intentando servirme una taza de Crofee, pero al parecer la maquina no sirve le inserte esta moneda y me la regreso ¿no sabes que le sucede? —Le pregunto Jack al guardia, pero el hombre mira fijamente a Jack y convencido de no haberlo visto antes le pregunta:

— ¿Quién eres tú? —El guardia apunto con su arma a Jack mientras lo interrogaba.

— ¡Tranquilízate viejo!, soy nuevo en este lugar, me reclutó el Sr. Rogers personalmente. –Dijo Jack levantando las manos tratando de calmar al guardia.

—Oh que bien, justo a tiempo para salvarme la vida, Hola sr. Rogers estábamos hablando de usted, ya estoy listo para mi primer día de trabajo. —Jack dirigió su mirada a espaldas del guardia queriendo dar a entender que el señor Rogers se encontraba a espaldas del guardia.

Muy desconcertado el guardia se dio media vuelta para ver al Sr. Rogers, sin embargo, en el momento que volteo, Jack tomo la honda logrando lanzar la moneda con tanta fuerza que impacto la nuca del guardia provocando que callera desmayado.

— ¡Wow eso fue genial!, ¿cómo sabias que funcionaria Jack? —Pregunto Emily mientras se acercaba corriendo.

—La verdad no sabía si funcionaria, si lo piensas, es algo infantil, sin embargo, fue lo primero que se me vino a la mente, en el ejército solía improvisar acciones como esta, me alegra que funcionara a la perfección de lo contrario no sé qué podría haber pasado. Ayúdame a esconder a este guardia para que nadie lo vea, quitémosle todas las tarjetas de identificación tal vez nos pueden servir para pasar por este nivel, tendrás que ponerte el uniforme de este guardia para que tú también pases desapercibida.

— ¡Hagámoslo! —Respondió Emily sujetando las piernas del guardia para esconderlo.

Después de haber escondido al guardia, Jack tomó todas las tarjetas y le entrego el uniforme a Emily para que se vistiera. –Rápido vístete no tenemos mucho tiempo. –Dijo Jack que a su vez vigilaba que nadie se acercara.

Revisando las tarjetas, Jack decidió sacar y utilizar una de ellas para ver si lograba abrir la puerta del nivel dos. –Esta tarjeta parece ser la indicada veamos si detrás de esta puerta están las respuestas que estamos buscando –Jack deslizó la tarjeta por una ranura de identificación y unos segundos después la puerta se abrió permitiendo que ambos accedieran al nivel dos, al entrar vieron demasiado equipo de cómputo que al parecer era bastante viejo.

—Wow Emily, no solo los habitantes de C4 han estado alejados de la última tecnología, estas computadoras son muy viejas o por lo menos el exterior de las mismas es viejo parece que son del primer cuarto del siglo XXI, aquí es donde deben estar registradas las personas que han estado cautivas en este lugar. Veamos que encontramos.

Jack comenzó a buscar en los registros de las computadoras hasta que logró encontrar un archivo con los nombres y la ubicación de las personas que han estado presos en el infierno. Sin embargo, no puede creer lo que está leyendo.

— ¡No puede ser!, Paul Collins, condición: occiso, ubicación: laboratorio.

Nivel 3 – Seguridad.

—Tengo que saber si Wood y Oliver se encuentran aún con vida en este edificio. –Jack continúo buscando desesperadamente entre los archivos de la computadora esperando encontrar información que acredite que sus amigos siguen con vida.

— ¡Aquí está! por fin encontré los archivos —Jack comienza a leer en voz alta: Anthony Wood, condición... vivo, actualmente en laboratorio, Oliver Walcott, condición… vivo, actualmente en tártaro, Jack Blair, condición... desconocida.

— ¿Ahora me crees Emily?, con tus propios ojos has logrado comprobar que todo lo que te dije es verdad, tenemos que seguir avanzando hasta que logremos rescatarlos.

—Ahora te creo por completo Jack, sin embargo, ¿cómo podremos seguir avanzando?, el siguiente nivel es el de seguridad no creo que nos sea tan fácil poder entrar.

— ¡Tengo una idea!, Emily desconecta estas computadoras y carga una de ellas.

Sin comprender aun el plan de Jack, Emily siguió las órdenes sin preguntar nada.

—Llevemos con nosotros estas computadoras nos ayudaran a entrar al nivel tres. —Dijo Jack bastante confiado.

Cargando una computadora cada uno, ambos llegaron a la puerta de entrada del nivel tres, donde efectivamente había más cámaras de seguridad que en los niveles anteriores, no obstante, seguía habiendo un solo guardia.

—Emily cubre tu rostro con la computadora, finge que está muy pesada por nada dejes que te vean el rostro o que te quiten la computadora, sígueme la corriente.

Jack y Emily se dirigieron hacia el guardia con las computadoras tapando sus rostros, fingiendo que pesaban demasiado.

— ¡Hola amigo podrías echarme una mano por favor!, estas son las computadoras que mandaron para el cuarto de seguridad, aunque están bastante pesadas y no puedo abrir la puerta con mi tarjeta mira aquí la tengo en mi bolsillo trasero ¿podrías ayudarme a sacarla para que me abras la puerta? —Jack se da media vuelta y menea el trasero frente al guardia, invitándolo a tomar la tarjeta, sin embargo, el guardia hizo un gesto repulsivo y frunciendo el ceño le dijo: — ¡No es necesario, quítame tu trasero de encima, yo te abro con mi tarjeta! —El guardia saco su tarjeta y abrió la puerta.

—Adelante, pueden pasar —Dijo el guardia.

Jack y Emily atraviesan la puerta y logran entrar al nivel tres con gran facilidad, gracias a la ayuda inocente del guardia.

—Logramos pasar aun con toda esa seguridad sin ser detectados, eres muy inteligente Jack, ¿ahora qué hacemos?, ya me cansé de cargar este aparato.

—Dejemos las computadoras en esta esquina con mucho cuidado y sigamos adelante Emily.

Al continuar avanzando por el nivel tres Jack observó y se alegró de ver que a su alrededor hay muchos tipos de armas, granadas, explosivos, lámparas, equipo médico y medicinas, sin perder tiempo Jack tomó una valija e ingreso todas las armas, explosivos, lámparas y medicinas que pudo.

—Ten Emily tú también necesitaras armas, a partir de este punto no sabemos si podremos regresar, es mejor ir preparados para lo peor. Antes de continuar avanzando debo hacer algo, este nivel tiene acceso total al sistema de cámaras debo hacer una grabación que dure mínimo 20 minutos de todas las cámaras y repetirla una y otra vez de esta manera seremos invisibles ante las cámaras y no seremos detectados. —De esta manera Jack comenzó con la grabación, sin embargo, apenas habían transcurrido cinco minutos cuando ambos se percataron que alguien se acercaba.

— ¡Jack alguien viene, tenemos que irnos rápido!

—No podemos, apenas tengo cinco minutos grabados, si repito esta grabación nos detectaran rápidamente.

—No importa ya debemos irnos o nos descubrirán en este momento.

—De acuerdo, reproduciré estos cinco minutos una y otra vez espero que no se den cuenta. Vámonos Emily ¡corre!

Nivel 4 – Tártaro.

—Según leí en los archivos, Oliver se encuentra en el siguiente nivel llamado tártaro, debemos de encontrarlo lo antes posible. ¿En qué condiciones se encontrará? ya tiene 9 días en este horrible lugar y según lo que nos dijo el guardia en este nivel es donde torturan y aíslan a las personas.

—Tranquilízate Jack, encontraremos a tu amigo Oliver y estará bien ya lo veras.

Después de bajar muchos escalones Jack y Emily llegaron al nivel 4 donde lograron ver a dos guardias, los cuales custodian la entrada uno de ellos de complexión robusta y otro de complexión atlética, ambos tenían la cara fruncida como si estuvieran enojados.

«Debo averiguar una manera para poder pasar aun con esos dos guardias custodiando la entrada, pero no tengo la menor idea de que hacer» —Jack pensó y pensó, sin embargo, no logró ingeniar ningún plan.

—Creo que esta vez yo tengo una idea. —Comento Emily tímidamente. —Jack dame una pastilla de bicarbonato de sodio de las que tomaste en el piso anterior, la pondré en mi boca y me tirare al suelo para que los guardias me vean, sacare toda la espuma que pueda y fingiré una convulsión eso provocara que los guardias vengan en mi auxilio, quedaran impresionados al ver mi uniforme pensaran que soy uno más de ellos y no se percataran que realmente no soy un guardia. Cuando se acerquen a mí, será tu turno de entrar en acción.

—De acuerdo Emily me agrada tu plan, aunque por precaución lleva contigo esta porra de descarga eléctrica, cuando se te acerquen lo suficiente electrocutas a uno justo en el cuello y yo electrocutare al otro, es la mejor manera para no hacer ruido y poder abrir el camino sin ser detectados.

Emily comenzó con su plan y se dirigió caminando en dirección a los guardias, cuando se cercioro de estar en el campo de visión de uno de los guardias se tiró al suelo soltando grandes cantidades de espuma.

— ¿Quién está ahí? –Preguntó uno de los guardias mientras se dirige apuntando con su pistola hasta llegar con Emily, sin embargo, al verla tirada en el piso, con mucha espuma en la boca al mismo tiempo que se convulsionaba, el guardia inmediatamente llamo a su compañero para que lo auxiliara.

— ¡Necesito ayuda!, tenemos un elemento que se está convulsionando, ayúdame a llevarla al tercer nivel para que la revise un médico. –Le dijo gritando a su compañero.

Al acercarse el segundo guardia, Emily sorpresivamente electrocuto al que estaba auxiliándola, ya que se había descuidado y estaba volteando a ver a su compañero. Estupefacto se quedó el segundo guardia el cual dio dos pasos hacia atrás por la impresión de la escena que acababa de presenciar, sin embargo, antes de que pudiera reaccionar Jack lo sorprende por la espalda y también lo electrocuta, ambos guardias quedaron inconscientes en el suelo, no obstante, para infortunio de ellos, uno de los guardias era bastante robusto y pesado, la fuerza combinada de Jack y Emily no era suficiente para moverlo de lugar.

— ¿Qué haremos con este guardia? no podemos moverlo y si lo dejamos aquí sabrán que algo no está bien. —Dijo Emily muy preocupada.

—No podemos hacer nada Emily y entre más tiempo nos demoremos en este sitio menos tiempo tendremos para rescatar a Oliver y Anthony. Solo quítale las tarjetas para entrar al siguiente nivel y sigamos avanzando. –Sin vacilar un solo instante, Emily tomó las tarjetas del guardia y gracias a eso lograron entrar al tártaro, inmediatamente Emily percibió un olor bastante desagradable.

—Que horrible huele este lugar Jack ¿de dónde proviene ese olor tan desagradable?

—Es el olor a muerte Emily, todo esto me recuerda a la época cuando yo era militar. Al parecer a diferencia de los niveles anteriores el tártaro está diseñado para provocar sufrimiento con el simple hecho de estar aquí, lo sé porque ya había estado en este lugar. Acompáñame Emily, recuerdo que más adelante hay algunas celdas probablemente podremos encontrar a Oliver en ese sitio, sin embargo, es una zona muy vigilada debemos tener mucho cuidado con los guardias.

Mientras caminaban por el tártaro Jack y Emily se percataron que la oscuridad predominaba no había mucha luz, el calor rondaba los 40°C, el clima estaba controlado para ser exageradamente húmedo, había sangre por todos lados y se escuchaban gritos de dolor que estremecerían a cualquiera, aunque no podían distraerse con esos detalles, lo único que Jack quería era rescatar a sus amigos, así que fue de celda en celda mirando a través de los barrotes de cada una hasta que por fin encontró a Oliver en la celda número 321.

— ¡Emily, en esta celda esta Oliver!, se ve que ha sido severamente golpeado, ¡se me ocurre una idea para sacarlo!

Jack se dirigió caminando con uno de los guardias del tártaro que custodiaban las celdas y le dijo:

—Tengo órdenes directas del Sr. Tom Rogers para llevarme al preso de la celda 321, abre la puerta de la celda para llevármelo.

El guardia no aceptó esa orden y decidió que es mejor llamar por radio al puesto de mando para corroborar la orden, al ver que el guardia intentó sacar su radio del bolsillo, Jack se adelanta y saca el radio que anteriormente obtuvo de uno de los guardias.

—Veo que desconfías de mí, ten llama de mí radio está conectado directamente al radio del Sr. Rogers —El guardia acepto el radio que Jack le ofreció, sin embargo, Jack no soltó el radio. Bastante desconcertado el guardia levanto la mirada para ver el rostro de Jack, sin embargo, un puño cerrado se dirigía rápidamente a su cara el golpe es tan fuerte que el guardia cae inconsciente. Enseguida Jack le quitó las llaves de las celdas y sin titubear se dirigió a la celda donde se encontraba Oliver con la esperanza de que aquel juego de llaves tuviera la llave de la celda 321 para abrirla y poder rescatar a Oliver.

— ¡Oliver!, ¡Oliver!, despierta soy Jack, he venido a rescatarte. –Dijo Jack mientras intentaba abrir la puerta probando introducir distintas llaves en la cerradura de aquella celda, hasta que por fin dio con la llave indicada.

Después de unos minutos Oliver logró despertar, no obstante, lo primero que ve es el uniforme que lleva puesto Jack e instintivamente por supervivencia Oliver ataca a Jack. Ambos forcejean durante un tiempo y aunque Jack le menciona en repetidas ocasiones que es el, Oliver no reacciona a sus palabras.

«Al parecer Oliver se encuentra en estado de shock por todo el sufrimiento que le han provocado en el tártaro» –Pensó Jack mientras forcejeaba con Oliver.

— ¡Emily necesito ayuda!, rápido vierte en Oliver una de las botellas de agua que guardamos en la valija.

Emily no le entiende a Jack y en vez de verter el agua en Oliver, le lanzó una botella con agua en la cara a Oliver provocando que callera al suelo. Oliver voltea y ve fijamente a Jack hasta que por fin logra reconocerlo, en ese momento Oliver comenzó a llorar, es tanta su alegría que no logra sostener el llanto.

— ¡Que gusto verte Jack! ¿Por qué tardaste tanto? —Preguntó Oliver con una sonrisa.

— ¡Silencio Oliver!, ya hicimos bastante ruido con la pelea de hace unos momentos no hables o nos van a descubrir, Emily ayúdame, debemos intercambiar al guardia con Oliver en la celda para que piensen que es Oliver el que sigue encerrado, solo debemos amordazarlo para que no valla a pedir ayuda.

Jack y Emily lograron intercambiar al guardia dejándolo encerrado en la celda de Oliver, después se llevaron cargando a Oliver hasta una habitación que estaba vacía. Emily con su gran experiencia en primeros auxilios le brindo su ayuda a Oliver, tratando de curar las heridas que le habían provocado en el tártaro.

—Gracias por curar a Oliver, lo necesitamos para que nos ayude a rescatar a Anthony que se encuentra en el nivel 6. –Dijo Jack con una gran sonrisa mientras se daba unos minutos para respirar y descansar de todo el ajetreo que tuvo con Oliver minutos antes.

— ¿Quién es ella? —Pregunto Oliver, pero antes de que Jack pudiera responder, Emily se presenta sola.

—Mi nombre es Emily, soy originaria de la confederación 4, rescate a Jack hace unos días y me conto todo lo que está pasando en la Nueva Pangea. Los estoy ayudando porque no es justo lo que le están haciendo a mi gente, las personas de la confederación 4 hemos vivido bajo mentiras y es tiempo de que eso termine.

—Entonces es un gusto tenerte de nuestro lado Emily, por cierto ¿ya te habían dicho que eres muy hermosa? –Le dijo Oliver tratando de seducirla.

Emily se sonrojo y tallo bastante fuerte las heridas de Oliver.

— ¡Auch! eso me dolió Emily.

—Lo siento, solo guarda silencio mientras curo tus heridas Oliver. Solo tardare unos minutos.

30 minutos después:

—Debemos salir de esta habitación, ya han pasado 30 minutos y aún tenemos que rescatar a Anthony para poder salir de este maldito edificio, prepárense para continuar —Dijo Jack, mientras se pone de pie.

Nivel 5 – Patio.

—El siguiente nivel es el patio ¿ya has estado ahí Oliver? —Le preguntó Jack.

—Así es, cuando nos atraparon a mí me llevaron directo a ese lugar, es donde llevan a todos los presos que recién llegan, es un área muy vigilada; no podremos pasar fácilmente. Tal vez podríamos entrar si fingimos que me llevan preso por primera vez, después de todo ustedes portan uniformes de guardias.

—Es una buena idea Oliver. —Respondió Jack.

—Sin embargo, ahora que lo recuerdo… los guardias que entran con los presos al patio no son los mismos que se los llevan al siguiente nivel, tendremos que crear una distracción para seguir adelante.

—Oliver ¿te sientes bien como para hacer esto? Recuerda que tus heridas podrían abrirse de nuevo. —Jack estaba preocupado por la condición de Oliver.

— ¡Claro no te preocupes! es tiempo de buscar a tu amigo Anthony. —Sin perder más tiempo los tres se dirigieron al 5to nivel, aun cuando Oliver estaba notablemente debilitado.

—Debes comer algo Oliver, tienes que recuperar fuerzas o no podrás ayudarnos. —Durante el trayecto al siguiente nivel Jack busco algo de comida. «Si tan solo hubiera una maquina despachadora» —Pensó bastante furioso.

Jack no logró encontrar comida para Oliver y sin darse cuenta ya habían llegado al quinto nivel donde una decena de guardias custodiaban la entrada. —Rápido Emily debemos cargar a Oliver; sujétalo por los hombros. —Después de cargar a Oliver los tres se dirigieron directo a la entrada del patio.

—Traemos un prisionero abran la puerta de inmediato —Le ordeno Jack a los guardias, no obstante, uno de los guardias observo detenidamente a Oliver y al percatarse de las condiciones en las que se encontraba Oliver, les realizo una pregunta:

— ¿Por qué está en tan malas condiciones este prisionero?

—Tuve que darle una sacudida a esta basura ya que opuso resistencia —Respondió Jack; fue gracias a que anteriormente Jack y Oliver habían forcejeado, el rostro de Jack tenia algunas heridas, por lo que uno de los guardias le respondió:

—Se nota que te fue mal con este tipo, mira que dejarte golpear por esta basura. —El guardia con un contundente golpe arremetió inesperadamente contra el abdomen de Oliver, provocando que este último cayera al suelo. Jack no puede hacer más que apretar sus puños y rechinar sus dientes, sentía arder cada mililitro de su sangre, debido a la furia que le ocasiono ver como golpeo el guardia a Oliver. —Adelante entren para que puedan asignarle un destino a esta escoria, llévenlo con los demás prisioneros. –Jack y Emily rápidamente levantaron a Oliver y continuaron caminando, los tres pasaron a un costado de los guardias los cuales abrieron las puertas del patio, sin embargo, cuando están a punto de entrar al quinto nivel una voz les pide que se detengan.

– ¡Un momento! –Se escuchó proveniente de la voz de uno de los guardias. – ¿Que llevan en esas valijas?

Jack giro 180 grados su cuerpo para ver quien preguntaba. —Es equipo médico para el laboratorio, tenemos que llevarlo después de dejar a esta basura en el patio. —Respondió Jack, el cual ya estaba tratando de sacar una pistola que tenía guardada en la espalda.

—Ya veo, entonces apresúrense, ese científico loco debe de estar experimentando nuevamente. —Respondió el guardia entre risas.

Sin mayor problema, los tres lograron entrar al patio; es una explanada grande con una sección en la que se podían ver bastantes mesas, al parecer es donde sirven los alimentos a los prisioneros. Jack y Emily se quedaron sorprendidos al ver lo enorme que era el patio y a su vez de ver a todos los prisioneros que estaban en ese lugar, después de ver las mesas a Jack se le ocurrió una idea e inmediatamente se dirigió con uno de los guardias:

—Tengo órdenes directas del Sr. Rogers, alimenten a todos los presos ya que estamos a punto de transferirlos a distintos niveles, digamos que será su última cena. —Jack soltó una carcajada malvada, mientras levantaba la cabeza y se colocaba las manos en la cintura, lo que provoco que el guardia obedeciera las órdenes sin cuestionar e inmediatamente dio la orden de servir comida a todos los prisioneros incluyendo a Oliver.

Después de hablar con el guardia, Jack se acercó a la zona donde se encontraba Oliver comiendo y le susurro algo al oído:

—Oliver, es momento para que comas algo. Mientras comes Emily y yo repartiremos armas entre los prisioneros, te dejare algunas armas para que las repartas también, solo recuerda decirles a los prisioneros que no disparen a Emily o a mí.

Sin que los guardias se percataran de lo que estaba sucediendo en el Patio, Jack repartió varias armas entre los prisioneros explicándoles el plan que tenía en mente.

—Emily, ya pasaron 10 minutos, desde que todos los prisioneros terminaron de comer, supongo que Oliver ya puso al tanto del plan a los demás prisioneros, creo que es momento de crear una distracción para poder avanzar al siguiente nivel.

Mientras tanto en el 3er nivel:

Es momento del cambio de turno de los guardias; justo al estar checando las pantallas del circuito cerrado para cerciorarse que todo estuviera en orden, un guardia notó algo extraño en una de las pantallas, ¡se ha visto a sí mismo, mientras hacía guardia en otro nivel! En seguida se dio cuenta que estaba viendo una grabación y sin perder tiempo hizo sonar una alarma en todo el edificio.

— ¿Nos habrán descubierto Jack? —Preguntó Emily con un semblante de preocupación, volteando para todos lados.

—Tal vez encontraron al guardia que no pudimos mover en la entrada del tártaro o tal vez se dieron cuenta de la grabación, sea lo que sea esto no es bueno para nosotros Emily.

—Cuando de la orden tírate al suelo Emily. —Le dijo Jack sujetándola de los hombros y mirándola a los ojos para tranquilizarla.

En ese momento, una docena de guardias entraron al Patio y bloquearon el único acceso para llegar al nivel 6, así como también la entrada al Patio. Poco a poco los guardias van haciendo revisión entre los mismos guardias y los prisioneros por todo el quinto nivel para dar con los infiltrados, hasta que uno de los guardias vio las caras de Jack y Emily, el guardia estaba seguro de no haberlos visto con anterioridad, por lo que decide pedirles sus identificaciones, sin embargo, Jack hace caso omiso a la petición y al ver que no muestran sus credenciales Jack y Emily son capturados. Ambos son encaminados hacia la puerta de ingreso del quinto nivel, escoltados por todos los guardias que anteriormente habían llegado, es en ese momento cuando Jack gritó:

— ¡Ahora Oliver! —En seguida Jack y Emily se tiran de pecho al suelo, cubriendo sus cabezas.

Inmediatamente Oliver, seguido de todos los prisioneros a los que les proporciono armas, comenzaron a disparar contra los guardias, no obstante, los guardias respondieron el fuego disparando contra los prisioneros. Jack y Emily se encontraban entre el fuego cruzado viendo como varios guardias y prisioneros caían muertos alrededor de ellos.

—No te levantes Emily —Dijo Jack.

El sonido de los disparos era ensordecedor, la luz provocada por las ráfagas de fuego era cegadora, Emily se encontraba totalmente paralizada a causa del miedo, mientras tanto Jack se arrastraba por el suelo para llegar hasta donde se localizaba un guardia, el cual ya había muerto, sin embargo, en una de sus manos aún sostenía un arma. Jack logró sujetar el arma y comenzó a disparar a los pies de los guardias para desarmarlos y ayudar a que fueran un blanco fácil para los presos. Un minuto después, todos los guardias que se encontraban en el patio y algunos presos habían perecido.

— ¡Oliver!, ¡Oliver! —Jack buscaba desesperadamente a Oliver de entre todos los cadáveres, llamándolo por su nombre una y otra vez, su desesperación crecía al no escuchar respuesta de Oliver, sin embargo, minutos después logró verlo tirado en el suelo, con el cadáver de un prisionero arriba de él. Jack se dirigió en dirección a Oliver y pidió ayuda para quitarle de encima el cadáver, cuando por fin lograron quitarle al prisionero de encima, se escuchó como Oliver agarraba una bocanada grande de aire.

—Gracias Jack, no podía respirar con esta persona arriba de mí, no obstante, es gracias a él que estoy vivo, el me salvo la vida cubriéndome con su cuerpo, me dijo que yo era muy joven para morir en este lugar, aunque al cubrirme cayó sobre mí y ya no pude seguir ayudando, ¡lo siento! todos perdónenme. —Dijo Oliver entre lágrimas.

—No te preocupes, ya nos ayudaste bastante con todo lo que hiciste. —Uno de los prisioneros consoló a Oliver colocando su mano sobre el hombro de Oliver.

—Emily y Oliver, debemos continuar nuestro camino, ahora que ya saben que estamos aquí, no tardaran en enviar a más guardias por nosotros.

—Está bien Jack sigamos avanzando de inmediato. —Dijo Oliver secando sus lágrimas con las palmas de sus manos.

— ¡Todos vengan con nosotros!, tal vez encontremos otra salida más adelante— Jack se dirigió a los prisioneros, tomando el rol de líder.

—Ustedes vallan, nosotros nos quedaremos en este nivel y seguiremos combatiendo contra todo aquel que se atreva a entrar en este piso, no se preocupen por nosotros, si los acompañamos todos seremos vulnerables ante un ataque sorpresa. —Dijo el prisionero que le dio consuelo a Oliver.

—Gracias por todo chicos. –Jack inclino su cabeza en gesto de agradecimiento. –Vámonos Oliver y Emily... ¿Dónde está Emily? —Jack no se había percatado que Emily no estaba junto a él.

— ¡Mira Jack por allá esta Emily! —Le dijo Oliver.

Jack se dirigió caminando apresuradamente hacia donde estaba Emily, sin embargo, sorpresivamente un guardia que aún seguía con vida logró ponerse de pie, aunque estaba muy débil lo único que quería era venganza por sus amigos caídos, así que sacó un arma que tenía guardada en su traje y apuntó con dirección a Emily, al ver al guardia de pie, Jack corrió lo más rápido que pudo para salvar a Emily, no obstante, el guardia sin perder más tiempo disparo contra Emily; sin pensarlo un solo instante Jack salto logrando interponerse en el camino de la bala, al recibir el impacto de la bala Jack cayó al suelo, Emily al ver tirado a Jack en el suelo a consecuencia de salvarle la vida, sacó el arma que anteriormente le había dado Jack y disparó en repetidas ocasiones contra el guardia terminando con la vida del mismo, aún cuando ya se han terminado todas las balas del arma, Emily continuaba presionando el gatillo.

—Basta Emily, creo que ya lo mataste. —Dijo Jack, el cual aún se encontraba tirado en el suelo, sangrando de su hombro izquierdo.

—Pensé que habías muerto. —Emily se aproximó a Jack agradeciéndole por salvar su vida. —Tuve suerte la bala me impacto en mi hombro izquierdo, no es una herida letal. —Dijo Jack expresando una gran sonrisa, tratando de no demostrar el dolor que sentía.

— ¡Gracias por salvarme Jack! —Dijo nuevamente y seguido de esas palabras Emily besó a Jack.

— ¡Demonios! Si me hubieran dicho que ese era el premio por salvarle la vida yo me hubiera lanzado —Dijo Oliver, provocando la risa de todos los prisioneros.

—No tienes nada que agradecer Emily, tú me salvaste primero, prácticamente te debía una.

—Ahora mismo te curare Jack, por fortuna la bala atravesó completamente el hombro, te pondré un vendaje para hacer presión sobre la herida, trata de no moverlo mucho por favor.

Después de haber curado las heridas de Jack los tres continuaron su camino hacia el laboratorio despidiéndose de sus nuevos amigos.

Nivel 6 – Laboratorio.

Jack, Oliver y Emily continuaron bajando por las escaleras en forma de caracol del edificio llamado El Infierno, después de lo acontecido en el patio, todos se encontraban bastante agotados, aun así, no pretenden rendirse ya que están por llegar al sexto nivel.

—Jack este edificio es muy desagradable, apurémonos para salir pronto de aquí ¿Qué plan tienes para pasar a los guardias del siguiente nivel? –Dijo Oliver momentos antes de que llegaran a la entrada del laboratorio. –No lo sé Oliver, sin embargo, espero que algo se me ocurra ahorita. –Respondió Jack. –No obstante, y para sorpresa de los tres, la entrada del laboratorio se encontraba totalmente libre de guardias que les impidieran el paso.

—Supongo que los guardias que deberían de estar cuidando esta entrada fueron a los que enfrentamos en el patio. —Dijo Oliver muy alegre.

—Oliver, aunque sean enemigos la muerte de una persona nunca es motivo para estar alegre, no tomes esto como un juego, es una lástima que esté pasando esto, pensé que nunca más estaría envuelto en conflictos de esta magnitud —Dijo Jack mientras sostenía un semblante triste empuñando fuertemente su mano.

—Ahora entremos al Laboratorio y busquemos a Anthony espero que aún siga con vida.

Al abrir la puerta e ingresar al laboratorio, los tres sintieron escalofríos. Una escena escalofriante estaba frente a sus ojos, era como si estuvieran dentro de la instalación de un hospital con luces blancas bastante intensas, el piso y techo son blancos, sin embargo, rápidamente cambiaron de opinión y pensaron que más bien se parecía a una morgue, ya que todo el piso estaba cubierto con camillas y en cada camilla hay una persona, al parecer ¡todas están muertas!, cada persona tiene atado en el primer dedo del pie derecho sus datos de identificación.

—Debemos encontrar la manera de bloquear la puerta de ingreso a este nivel, no sabemos si quedan guardias rondando en los alrededores, Oliver ayúdame a revisar a estas 30 personas si ninguna de estas personas es Anthony las apilaremos junto a la puerta para bloquearla.

Después de revisar a las 30 personas y comprobar que ninguna es Anthony, comenzaron a apilarlos uno arriba de otro. Al momento de estar apilando los cuerpos, Jack alcanzo a distinguir los datos de identificación de uno de los cadáveres, se trataba de Paul Collins.

— ¡Demonios, es Paul Collins! —Dijo Jack enfurecido y golpeando la pared.

— ¿Que sucede Jack, también conocías a esta persona? —Preguntó Emily algo desconcertada.

—Así es Emily, este hombre me fue de gran ayuda anteriormente y ahora no pude hacer lo mismo por él. —Respondió Jack el cual seguía golpeando la pared, no podía evitar soltar algunas lágrimas de tristeza y furia.

—No apilaremos a Paul, pongámoslo en otro sitio. –Continúo diciendo Jack, enseguida Oliver ayudo a mover de lugar el cuerpo de Paul Collins.

Después de colocar a Paul en otro sitio los tres continuaron buscando entre los cadáveres. — ¡Sigamos revisando!, tengo la esperanza de que ninguno de ellos sea Anthony, Tengo el presentimiento de que aún sigue con vida. –Bastante exhaustos quedaron los tres después de revisar casi 100 cadáveres, sin embargo, se alegraron al no encontrar el cuerpo de Anthony entre ellos.

—Creo que tu amigo Anthony ya no está en este laboratorio, tal vez lo han llevado a otro sitio. —Dijo Oliver y de repente e inesperadamente los tres escucharon un grito aterrador que provenía desde una habitación unos metros más adelante.

— ¿Quién habrá gritado de esa manera tan horrible?, investiguemos que está pasando en esa habitación. —Dijo Oliver y sin perder tiempo los tres se acercaron lentamente hasta la misteriosa habitación, logrando percatarse que no se trataba de una simple habitación, era un quirófano y en la mesa de operaciones se encontraba Anthony, al parecer los doctores no se dieron cuenta de la alarma que sonó en todo el edificio por estar encerrados en ese quirófano. Al ver como Anthony gritaba de dolor, Jack no soportó más y se lanzó directamente contra los doctores, sin usar armas solo utilizó su propio cuerpo como un arma letal.

Jack utilizó sus habilidades de combate cuerpo a cuerpo que aprendió en el ejército y aunque los doctores suplicaban piedad, Jack se había cegado por la ira, entro en un modo automático de combate donde solo quiere matar a sus enemigos. Después de acabar con todos los doctores, Jack miró aterrado sus manos manchadas de sangre, viendo a todos los doctores muertos a su alrededor. Oliver tocó con su palma el hombro de Jack para calmarlo, sin embargo, Jack aún bastante confundido volteo y por instinto lanzo un golpe a Oliver.

— ¡Detente Jack! —Gritó enérgicamente Emily, suplicándole a Jack que se detuviera.

Al escuchar el grito de Emily, Jack logro recobrar la cordura y se detuvo antes de golpear a Oliver.

— ¡Discúlpame Oliver!, no sé qué me paso, solo recuerdo que estaba afuera del quirófano y segundos después estaba tratando de golpearte, creo que no pude soportar ver lo que le hacían a Anthony. —Repentinamente, Jack recordó que Anthony estaba en la mesa de operaciones justo a su costado.

— ¡Anthony! Hemos venido por ti, ya todo estará bien.

Jack y Oliver intentaron levantar a Anthony, pero está bastante herido y al moverlo solo ocasionaron que gritara de dolor.

—¡Detente Jack!, creo que es imposible que me levanten de esta mesa, estas personas me han ocasionado demasiado daño y creo que no podre acompañarte de regreso a casa, aunque estoy muy feliz de ver que estas aquí, todo este tiempo tuve la esperanza de que vinieras, estos malditos están eliminando a la primera generación que se rejuveneció en Cronos Corp. o por lo menos a los sobrevivientes del accidente de Alaska en el año 2140, a mí me capturaron cuando fui a Cronos Corp. a rejuvenecerme, fue en el tiempo cuando tú fuiste a la confederación 2 a investigar sobre los incendios, después de esa llamada que tuvimos, fui directamente a Cronos Corp. y percibí de nueva cuenta que alguien me seguía, intente confrontar a aquella persona que me seguía, sin embargo, de repente sentí un fuerte golpe en mi cabeza provocando que cayera inconsciente, al despertar estaba encerrado en una celda junto a un hombre llamado Paul Collins. Unos días después de ese suceso me trajeron a este lugar.

Anthony comenzó a toser muy fuerte escupiendo sangre por la boca.

—Ya no digas nada Anthony reserva tu energía, recuerda que tenemos unos Crofees pendientes —Le dijo Jack con lágrimas en los ojos.

— ¡No te sientas mal Jack!, recuerda que hoy es el aniversario de la muerte de mi esposa también, creo que es un buen día para que ella venga por mí, pero antes de irme con ella déjame ayudarte por una última vez.

—Entre los cadáveres de los doctores que están en el suelo ¿puedes ver a uno totalmente calvo?

— ¡Si lo veo! —Respondió Jack.

—Ese doctor es de alto rango dentro de este edificio, lo necesitaras para entrar al siguiente nivel, así que llévenselo, solo él tiene acceso, aunque desconozco cuál sea la manera de ingresar. Lo observé durante el tiempo que estuve en este laboratorio y él es el único que entraba y salía por aquella puerta. —Anthony les señala con el dedo índice una puerta que los llevara al siguiente nivel.

— ¡Ahora que lo mencionas Anthony!, recuerdo que un guardia nos dijo que para entrar al último nivel se necesita una comprobación dactilar y una comprobación de iris de una persona autorizada, tal vez con la ayuda de este doctor logremos pasar al séptimo nivel. —Respondió Jack.

—Yo te cubriré la espalda Jack, como en los viejos tiempos, solo necesito un arma y daré hasta mi último aliento para darles más tiempo. —Dijo Anthony el cual cada vez hablaba con menor intensidad debido al agotamiento que sufría.

—Acabamos de tener un fuerte enfrentamiento en el nivel cinco por lo que agotamos todas las armas y solo nos quedaron: 1 pistola con 1 tiro, 1 granada y un fuerte explosivo con detonador remoto, ¿cuál eliges Anthony? –Pregunto Oliver, mostrándole las 3 armas que aún tenían.

—Con el explosivo será suficiente Jack, colócalo poco antes de la salida de este quirófano, yo conservare y resguardare el detonador para el momento que sea necesario utilizarlo, ahora continúen avanzando al siguiente nivel, acaben con el desgraciado que está haciendo tanto daño.

—Si te quedas en este lugar también morirás Anthony, no puedo hacer eso. —Respondió Jack, sin embargo, el ruido repentino de varios disparos provenientes del quinto nivel interrumpió la despedida de Anthony.

— ¡Váyanse de inmediato, Jack, confió en ti! –Dijo Anthony alentando a Jack a seguir adelante.

Sin decir más palabras Jack, Emily y Oliver continuaron su camino con dirección al séptimo y último nivel, entre Jack y Oliver se llevaron cargando el cuerpo del doctor para poder entrar al siguiente nivel.

Mientras tanto en el nivel 5… Un guardia se comunica por radio —Sr. Rogers terminamos con la amenaza de los prisioneros del patio, le informo que aniquilamos a todos, en este momento nos dirigimos en su dirección para acabar con los intrusos que se dirigen hacia usted ¿señor Rogers me copia? ¿Señor Rogers?

Nivel 7 – Campos elíseos.

—Jack ya no puedo cargar más a este sujeto está muy pesado y mis heridas comienzan a abrirse. —Dijo Oliver bastante fatigado.

—También la herida de mi hombro comenzó a sangrar nuevamente debido a la pelea que tuve en el laboratorio, no te preocupes Oliver déjamelo a mí, yo lo cargare el resto del camino. —Jack también se encontraba bastante cansado, aun así, arrastro el cuerpo del doctor utilizando todas sus fuerzas.

— ¡Yo te ayudare Jack!, entre los dos lo cargaremos —Dijo Emily e inmediatamente ayudo a cargar el cuerpo del doctor, entre los dos cargaron y bajaron al doctor por las escaleras, después de 3 minutos lograron llegar a la entrada del último nivel.

—Según lo que nos dijo el guardia este debe de ser el último nivel, llamado "los campos elíseos", veamos donde debemos colocar las huellas del doctor y su iris. —Dijo Jack mientras buscaba una cerradura o algún dispositivo de seguridad.

Unos segundos más tarde, Oliver logró encontrar el dispositivo de seguridad, sin embargo, inmediatamente supo que las cosas se dificultarían más de lo que habían pensado.

—Jack encontré el dispositivo, aquí debemos colocar las huellas y el iris del doctor, pero tengo malas noticias, este dispositivo es de alta tecnología y su seguridad consiste en tres pasadores (cerraduras) electrónicos, cada uno está siendo presionado todo el tiempo por un fuerte electroimán que mantiene cerrado cada pasador.

—El electroimán de cada pasador se desactiva única y específicamente con un método en especial, mira te mostrare: el primer pasador se desactiva con las huellas del sujeto: —Oliver colocó la mano del doctor en el panel del dispositivo, desactivando el primer pasador, en ese instante un sonido metálico se escuchó.

—El segundo pasador se desactiva con el iris. —Oliver abrió con sus dedos uno de los ojos del doctor y lo acerco al dispositivo para que leyera su iris, logrando desactivar el segundo de los pasadores, nuevamente un sonido metálico se escuchó.

—Sin embargo, el mayor problema lo tenemos en el tercer pasador, ya que se desactiva con un reconocimiento de voz de la misma persona, no obstante, no podremos realizar esa acción ya que el doctor está muerto y no tenemos su voz. Como solo hemos logrado quitar dos, de los tres pasadores no podremos pasar por esta puerta. –Dijo Oliver

—No te preocupes Oliver, en este momento volare en pedazos ese pasador con la granada que nos queda. –Dijo Jack bastante confiado.

—No te molestes en hacerlo Jack, el electroimán es muy fuerte no podrás quitarlo solo con una explosión, creo que hasta aquí llegamos. —Oliver se hinco apoyando una rodilla en el suelo, lamentándose y dándose por vencido ante las miradas incrédulas de Jack y Emily.

Mientras tanto en la entrada del laboratorio... —Rápido, derriben esa puerta debemos terminar pronto con los intrusos. —Tras varios intentos enérgicos por parte de los guardias, minutos más tarde lograron entrar al laboratorio, habían empujado entre todos la puerta y a su vez a los cadáveres que les estorbaban, creando una abertura por la cual se introdujeron. Anthony logró escuchar los pasos de un grupo de guardias que estaban entrando al laboratorio, cuando los guardias pasaron a su costado, Anthony se hizo pasar por muerto, logrando que los guardias no lo tomaran en cuenta. Anthony abrió lentamente uno de sus ojos y pudo notar que todos los guardias estaban reunidos justo en el punto donde él quería, en ese momento Anthony saco sigilosamente el detonador que Oliver le dio anteriormente, con lágrimas en los ojos y con su boca que no dejaba de temblar, dedico susurrando sus últimas palabras despidiéndose una vez más de Jack:

— ¡Adiós amigo!, tengo la esperanza de que salgas con vida de este lugar, por fin podre ir al lado de mi familia. ¡Espérame mi bonita! muy pronto nos reuniremos para nunca más dejarnos.

Anthony presionó el detonador, provocando una fuerte explosión que hizo retumbar el edificio entero, logrando aniquilar a todos los guardias que se encontraban en el laboratorio.

Una dura sacudida se ha sentido hasta el nivel siete: – ¿Jack sentiste eso?, esa fue una fuerte explosión proveniente del laboratorio, creo que tu amigo Anthony nos ayudó por una última vez —Dijo Oliver, pero al no escuchar respuesta de Jack, giro su cabeza en dirección a Jack para ver porque no contestaba, al voltear, pudo ver a Jack sentado en el suelo, lamentando la pérdida de su mejor amigo. – ¡Maldición no pude salvarlo! —Jack se lamentaba por la pérdida de su mejor amigo, precisamente en ese momento, la luz de todo el edificio se apagó repentinamente, causando aun, una mayor conmoción.

— ¡Jack ponte de pie de prisa!, ¡esto es bueno para nosotros! –Dijo Oliver bastante emocionado, mientras encendía una lámpara.

—El electroimán del último pasador se ha desactivado, ahora solo debemos abrirlo antes de que se active la luz de emergencia, esto será en aproximadamente 30 segundos. —Inmediatamente y sin perder tiempo, Jack se puso de pie para colocar la última granada que le quedaba, la coloco entre la rendija del pasador y la puerta.

— ¡Aléjense rápido, lo más lejos que puedan y tírense al suelo!, Oliver tu apunta la luz de la lámpara a la puerta ya que necesito ver. –Gritó Jack con voz de líder y bastante enérgico, quién a su vez también se alejó corriendo, sin embargo, al alejarse, Jack se dio cuenta que olvido quitarle el seguro a la granada y ya solo quedaban 10 segundos para que se activara la energía de emergencia, sin dudarlo, rápidamente Jack sacó su arma.

«¡Solo me queda un disparo, espero no fallar!, te dedico este disparo Wood»

Jack apuntó y le disparó a la granada, logrando hacer que explotara causando un gran estallido y una gran cortina de humo se hizo presente. Después de unos segundos las luces de emergencia se activaron, no obstante, hay demasiado humo y no pueden ver si han logrado abrir la puerta, poco a poco los tres lograron reincorporarse y se acercaron lentamente a la entrada, aunque siguen sin poder ver nada.

— ¿Huelen eso chicos? —Dijo Emily, huele a naturaleza, puedo oler árboles y flores incluso escucho el sonido de un rio. —Los tres por fin llegaron hasta la puerta y después de despejarse el humo provocado por la explosión de la granada, se dieron cuenta que la puerta está abierta, los tres entraron al séptimo nivel e inmediatamente quedaron estupefactos al ver con sus propios ojos que no eran mentiras lo que el guardia les había comentado y que efectivamente estaban dentro de los campos elíseos, el paisaje era maravillosamente hermoso inclusive era difícil de creer que toda esa naturaleza estuviera a esa profundidad, era prácticamente un bosque subterráneo, lo único artificial que tenía ese lugar era la iluminación, sin embargo, habían recreado la luz solar a la perfección.

—Este nivel es demasiado grande ¿a dónde debemos ir ahora? —Preguntó Oliver rascándose la cabeza.

— ¡Yo me encargo de eso! —Dijo Emily e inmediatamente comenzó a realizar una técnica de rastreo, analizando marcas en el piso y en las hojas de los árboles.

— ¡Sorprendente Emily! ¿Quién te ha enseñado a rastrear? —Le pregunto Jack.

—Mi padre me ha enseñado a rastrear, cuando era más pequeña él solía enseñarme muchas cosas de supervivencia por si algún día lo necesitaba, debido a la precaria situación de la confederación 4.

—Agradécele de mi parte, cuando salgamos de este lugar, por haberte dado tan maravillosas cualidades. —Le dijo Jack, sin embargo, Emily solo agacho la cabeza.

—Eso será imposible, mi padre murió hace algunos años al igual que mi madre, murieron a consecuencia de una infección, la medicina es escasa en esta confederación por lo que no pudieron curarlos. Es por eso que decidí aprender primeros auxilios, quiero ayudar al mayor número de personas posibles. —Emily se puso un poco melancólica después de recordar a sus fallecidos padres.

— ¡Emily confiamos en ti!, ahora por favor guíanos —Dijo Oliver sujetándola del hombro.

Después de 15 minutos recorriendo los campos elíseos, Jack ha notado algo extraño y es que en todo ese tiempo no han encontrado señal alguna de guardias que obstaculicen su camino.

«¡Qué raro!, el guardia nos dijo que este nivel era el más vigilado de todos, sin embargo, hasta el momento no hemos encontrado a ningún guardia que nos impida el paso, ¿acaso será que vamos en el sentido equivocado?»—Pensó Jack, no obstante, a lo lejos, logró ver una gran figura arquitectónica, al parecer se trataba de una mansión.

— ¡Miren Jack y Oliver! parece que por fin llegamos. —Dijo Emily, bastante entusiasmada por haberlos guiado con éxito hasta ese lugar.

Al mirar la mansión en medio de ese hermoso paisaje, Jack pensó por un segundo que a su esposa Emily y a su hijo Joshua les hubiera encantado ese lugar, sin embargo, Jack recordó la situación en la que se encontraba y sin vacilar por más tiempo siguió caminando hasta llegar a la mansión, justo después se colocaron frente a dos grandes puertas de aproximadamente de 3 metros de alto las cuales eran la entrada a la mansión.

— ¿Cómo entraremos a esta gran mansión? –Dijo Emily, sin embargo, no obtuvo respuesta. Al voltear hacia atrás vio a Jack y Oliver dibujando trazos en la tierra, trataban de averiguar una manera para entrar a la mansión sin ser detectados, no obstante, después de esperar un tiempo al ver que Jack y Oliver no llegaban a un acuerdo, decidió acercarse a la puerta principal y simplemente abrió la puerta girando la perilla.

— ¡Hey Chicos! ¿Qué esperan para entrar?

— ¿Cómo hiciste eso Emily? —Preguntó Oliver bastante sorprendido.

—Solo giré la perilla —Dijo Emily con una gran sonrisa.

Los tres cruzaron la entrada de la mansión y comenzaron a buscar en las distintas habitaciones para ver si encontraban al gobernador Tom Rogers, fue de gran sorpresa para Jack ver que tampoco había guardias dentro de la mansión que detuvieran el paso de los tres, lo que facilito la búsqueda en cada área sin ser molestados. Al entrar en una de las habitaciones, Emily vio unas fotografías enmarcadas y colgadas en una pared, al verlas decidió llamar inmediatamente a Jack.

— ¡Jack creo que encontré algo ven rápido!

— ¿Qué encontraste? –Jack y Oliver llegaron rápido a la habitación donde se encontraba Emily. —Encontré algunas fotografías, tal vez aquí podemos encontrar una que nos dé más información sobre Tom Rogers.

Jack miró detenidamente cada una de las fotografías, hasta que una fotografía destacó por ser más vieja que las otras, al mirarla detalladamente, Jack dio un paso hacia atrás, debido a la impresión que le había causado ver esa fotografía.

— ¿Qué sucede Jack? —Pregunto Emily.

— ¡Esta fotografía es de mi escuadrón, cuando aún me encontraba en el ejército!

— ¿Estás diciendo que el gobernador Tom Rogers era un miembro de tu escuadrón? – Pregunto bastante sorprendida Emily.

–No lo sé, sin embargo, no tengo duda de que esta fotografía es de mi escuadrón, mira Emily en esta fotografía yo soy el sujeto que está en la esquina superior derecha ¿qué significara esto?, ¿por qué esta fotografía se encuentra en este lugar? —Aunque, inspeccionando más de cerca la fotografía... Jack se dio cuenta de que no solo es una fotografía de su escuadrón, es la fotografía que el conservaba guardada en un baúl de recuerdos en su casa en la confederación 1 y en la cual grabo sus iniciales JB y la fecha 2047 en la esquina inferior derecha, sin embargo, Jack noto algo diferente, es como si esa fotografía fuera más vieja de lo que el recordaba.

—No puedo creer que hasta mis pertenecías se robaron, seguramente entraron a mi casa después del accidente de auto, cuando me encontraba en coma, debieron sustraer varias cosas de mi casa, entonces como esta foto es mía me la llevare.

Jack bastante enfurecido intentó arrancar la fotografía de la pared, sin embargo, al quitarla sucedió algo inesperado, una puerta secreta se abrió justo detrás de ellos revelando un pasillo largo.

— ¡Wow Jack!, esto es parecido a mi casa –Dijo Oliver.

Los tres entraron al pasillo el cual estaba iluminado con una luz blanca tenue, en el pasillo podía escucharse música clásica sonando de fondo y también había cuadros de arte de pintores famosos colgados en los muros.

—Por lo menos este sujeto tiene buenos gustos en arte, no obstante, ahora que lo veo, estas pinturas fueron robadas a mediados del año 2080 de varios museos importantes en el mundo. —Dijo Jack.

Al llegar al final del pasillo vieron una puerta roja, Jack giró la perilla sigilosamente y abrió la puerta lentamente, tratando de ser lo más silencioso posible, cuando por fin abrió totalmente la puerta los tres ingresaron a una habitación enorme, en esa habitación lograron ver una gran cantidad de libros, al parecer es una gran biblioteca. Jack se encontraba algo confundido y sin encontrar alguna razón del porque una biblioteca este escondida, así que decidió tomar algunos libros que estaban apilados sobre una mesa para leer los títulos y saber cuál es su contenido.

Jack comenzó a leer en voz alta: –Universo cuántico, El tiempo y el espacio, GPS cuántico, ¿Qué es el tiempo? –A pesar de leer los títulos, solo obtuvo más preguntas que respuestas. –Estos libros ¿qué significaran?, ¿acaso Rogers está investigando sobre el tiempo? –Dijo Jack y simultáneamente coloco nuevamente los libros sobre la mesa para continuar su recorrido por la biblioteca.

Los tres continuaron escudriñando cada rincón de la biblioteca para encontrar respuestas, fue entonces que se encontraron con un holograma bastante grande el cual era proyectado por un holográfono que se encontraba sobre otra mesa, en dicho holograma se lograba ver al planeta tierra girando y con un punto rojo que se iba moviendo por todo el planeta de forma diagonal de derecha a izquierda, atravesando el ecuador con dirección al trópico de cáncer, en el mismo holograma se podía observar la hora y la fecha, sin embargo, Jack notó algo raro… la fecha no era la correcta, ya que la fecha que aparecía en el holograma era la misma hora, el mismo día y el mismo mes, sin embargo, el año indicaba 10 años antes de la fecha actual, después de notar ese detalle, Jack escuchó unos pasos que se aproximaban y como si de una sombra se tratase, una persona salió desde las oscuridad de un rincón de la biblioteca justo a espaldas de los tres y sin motivo alguno comenzó a aplaudir lentamente.

— ¡Felicidades Sr. Blair! Nunca imagine que fuera capaz de llegar hasta este punto, aunque lamento informarle que aquí termina su aventura.

— ¡Esa voz la reconozco! –Dijo Jack mientras giraba el cuerpo para ver el rostro de quien estaba hablando, no obstante, no podía creer lo que estaba viendo, totalmente sorprendido se quedó al ver que la voz de aquella persona pertenecía a la del presidente de la Nueva Pangea, George Sanders, el cual lo amenazaba con una pistola apuntando directo al rostro de Jack. Emily tampoco podía creer lo que estaba viendo ya que para ella el presidente George Sanders llevaba muerto demasiado tiempo.

— ¿Quién eres tú? —Pregunto Emily bastante confundida.

— ¿Acaso no me conoces? soy el presidente George Sanders. —Respondió mientras caminaba directo hacia Emily sin dejar de apuntar a la cara de Jack, sin embargo, mientras caminaba la cara del presidente comenzó a deformarse, adquiriendo una nueva apariencia, en esta ocasión había tomado la apariencia del gobernador Tom Rogers.

— ¿Qué está pasando? —Emily dio un paso para atrás debido a la impresión. — ¿Por qué te ha cambiado el rostro? –Preguntó Oliver bastante asustado.

—No debes asustarte, simplemente he cambiado la apariencia de mi rostro con un dispositivo, que utiliza nano células artificiales.

— ¡Oliver no le creas, ese tipo de dispositivos no existen! –Dijo Jack sin tener la menor idea de lo que estaba ocurriendo frente a sus ojos.

—Espera Jack, creo haber leído algo sobre ese tipo de tecnología, sin embargo, esa tecnología apenas está en desarrollo, estaba programado que dentro de 20 años salieran los primeros prototipos, serian dispositivos que permitirían la regeneración celular a base de nano células, Cronos Corp. es quien realiza esa investigación.

—Bravo Sr. Walcott se nota que usted sabe mucho de tecnología, pero tiene razón este dispositivo aún no existe en esta era.

— ¿A qué te refieres al decir en esta era? —Preguntó Oliver frunciendo el ceño.

—Por tu inteligencia pensé que podrías haberlo deducido tu solo, sin embargo, te lo diré: ''yo no soy de esta era'', yo vengo del futuro. No obstante, no provengo del futuro de esta era, yo vengo del futuro de una línea temporal alterna, se podría decir que ustedes existen gracias a mí, ya que yo he creado esta línea temporal.

Los tres quedaron estupefactos, ante las palabras que dijo aquel hombre con la apariencia del gobernador Tom Rogers.

— ¡Ya deja de inventar cosas sin sentido y revela tu verdadera identidad! —Le dijo Jack.

—Veo que no me creen una sola palabra de los que les he contado, así que tendré que revelar mi verdadera identidad, después de revelarles mi identidad estoy seguro que van a creer cada una de mis palabras. —En ese instante la cara del hombre con la apariencia de Tom Rogers comenzó a cambiar nuevamente.

—Este es mi verdadero rostro y mi verdadera voz. –Dijo el hombre sonriendo.

Los tres dieron un paso atrás, incluso Oliver se cayó al suelo debido a la impresión que les ha provocado ver el verdadero rostro de aquel sujeto.

— ¡Esto es imposible! —Dijo Jack.

– ¡Deja de jugar! Te dije claramente que mostraras tu verdadero rostro —Gritó Jack bastante encolerizado, ya que aquel hombre ahora ha tomado la apariencia de Jack Blair.

—Ya te lo dije, este es mi verdadero rostro. —Respondió el hombre que podía cambiar la apariencia de su rostro.

— ¡Espera Jack! mira bien su rostro. –Dijo Oliver –A diferencia tuya, él tiene una cicatriz en su rostro, cerca de su ojo derecho, tú no tienes esa cicatriz.

—Es lógico que yo tenga algunas diferencias en comparación a ti Jack Blair, como te lo comente antes, ¡yo soy de una línea temporal distinta!, los sucesos que he vivido son distintos a los tuyos, yo no viví lo que tú estás viviendo y tú no vivirás lo que yo he vivido, hasta cierto punto en el pasado tú y yo vivimos lo mismo, pero hay un punto donde nuestros caminos se hicieron muy distintos y podría decir que, aunque tú y yo somos la misma persona somos personas totalmente diferentes al mismo tiempo.

— ¡Eso no puede ser posible! yo jamás me convertiría en una persona malvada como lo eres tú.

— ¿Has dicho que yo soy malvado?, ¿y que nunca serias como yo?, tal vez si perdieras a tu familia 5 veces sin poder hacer nada para evitarlo, cambiarias de opinión.

— ¿Cómo que perder a tu familia 5 veces?, ¿a qué te refieres con eso? –Preguntó Jack del presente.

—Supongo que no importa si te cuento mi historia antes de que los mate —Dijo Jack del futuro.

¡Eso es imposible! no puedes matar a Jack o tu morirías junto con él. —Dijo Oliver, bastante confiado de sus palabras.

—Yo pensaba lo mismo que tu Oliver, hasta que vi con mis propios ojos como un Jack Blair de otra línea temporal murió frente a mis ojos y después de eso yo seguía con vida. Así que, por favor guarda silencio o ¿prefieres que te mate antes de escuchar mi historia? –Dijo Jack del futuro y apunto su arma a la cabeza de Oliver.

Capítulo 6
Un pasado diferente

—Comenzare mi historia revelándoles que yo vengo del año 2,200 eso es 50 años más en su futuro, aunque claro como ya lo dije antes no es el mismo futuro que tendrían ustedes. Esta era va más adelantada en tecnología que mi propia era, ya que me he involucrado mucho para ayudarlos, para avanzar más rápido, claro todo fue para mis propios beneficios, pero aun así ustedes se han visto beneficiados por tecnología que, de no ser por mí, tendrían que haber esperado otros 50 años más para tenerla, dicho esto; mi historia comienza en el año 2140, creo que te sonara algo perturbador ese año, ¿me podrías decir que paso en ese año Jack?

—Fue el año que perdí a mi familia en una avalancha. —Respondió Jack del presente.

— ¡Exactamente! ese año perdimos a nuestra familia —Respondió Jack del futuro bastante eufórico. —Sin embargo, a diferencia de tuya, la primera vez que yo perdí a mi familia no fue en una avalancha, fue en un accidente de automóvil, el 5 febrero del año 2140 de mi era tuve un grave accidente, fue una noche después de salir de un convivio con colegas del trabajo al cual Emily y Joshua me acompañaron, al terminar la reunión, yo quise manejar sin importarme que me encontraba en estado de ebriedad, Emily me rogo que no manejara en esa condición, sin embargo, yo no hice caso a sus palabras, en el camino perdí el control del vehículo y caímos en un barranco, Emily y Joshua murieron instantáneamente en ese accidente y yo salí ileso.

—Desde ese momento no pude hacer otra cosa más que culparme por el resto de mis días por aquel fatídico accidente, pasaron 30 años desde ese día y en el año 2170 comenzó el rumor de que Cronos Corp. comenzaría a investigar la posibilidad de viajar en el tiempo, fue entonces que decidí enlistarme en Cronos Corp. para ayudarlos con esa investigación, tal vez si lográbamos descubrir cómo viajar en el tiempo podría salvar a mi familia y enmendar ese grave error, Pasaron otros 30 años de trabajo arduo y en Cronos Corp. descubrimos la manera de viajar en el tiempo utilizando la antimateria como fuente de energía. No obstante, el presidente George Sanders nos arrebató el proyecto, ya que se decía que el pretendía viajar en el tiempo para llegar al pasado, exactamente al año 2040, fecha en la cual aún el planeta entero se encontraba en una feroz guerra, en esa época él era General. El Presidente Sanders estaba dispuesto a usar la información que teníamos en el año 2200 en donde ya sabíamos dónde se ubicaban los puntos estratégicos de los enemigos de la guerra del año 2040 y así acabar con todos los enemigos de un solo golpe y crear una utopía donde un solo país gobernara a todo el mundo y que la Nueva Pangea nunca existiera.

—Al saber todo eso me di a la tarea de robar el dispositivo para viajar en el tiempo el cual es este: —Jack del futuro sacó un dispositivo y se lo mostró a lo lejos a los tres, a simple vista era un tubo común y corriente, sin embargo, Jack del futuro presionó un botón y el dispositivo cambió totalmente de apariencia, el tubo se convirtió en un tripié, en su costado izquierdo tenía una pantalla en la cual se debía colocar la fecha de destino a la cual se deseaba

viajar, en el costado derecho en la parte superior tenía una brújula cuántica que indicaba las coordenadas en el espacio-tiempo y en la parte inferior se encontraba el depósito de antimateria, la cual era el combustible de la máquina del tiempo.

—Con este dispositivo soy capaz de viajar en el tiempo. Lo conseguí en el año 2200 luego de asesinar al presidente George Sanders y con este otro dispositivo y una gota de sangre del presidente robé su identidad.

Jack del futuro les mostró el dispositivo que sirve para cambiar los rostros y la voz: Era un pequeño cilindro, muy similar a un termo. —Este dispositivo funciona con una batería de iones, la cual almacena antimateria suspendida y necesita solo una gota de sangre de la persona a la cual se le robara la identidad, después de insertar esa gota de sangre, basta con que sujete el dispositivo con mi mano y automáticamente, las nano células del dispositivo transforman el patrón de mis células y las convierten en las de la otra persona, después puedo volver a mi estado original sin problemas. Puedo tener la identidad de hasta 5 personas en este dispositivo, no obstante, por el momento yo solo tengo a dos.

—Después de robar el dispositivo del tiempo, viaje al 5 de febrero del año 2140 para evitar el accidente de mi familia y lo logre, evite ese fatídico accidente, al hacer eso pensé que yo desaparecería por ser un remanente de un tiempo diferente, pero por alguna razón no desaparecí, me encontraba muy asustado no podía regresar a mi tiempo original porque este dispositivo necesita 10 años para recolectar o recargarse de antimateria, y un viaje en el tiempo consume toda la antimateria que el dispositivo recolecta durante 10 años, no sabía a quién acudir, a diferencia tuya Jack yo nunca tuve amigos, así que me mantuve escondido siguiendo a mi familia.

—Así paso una semana, sin embargo, sorpresivamente paso otro accidente que de nuevo ocasiono la muerte de Joshua y Emily, esta vez murieron en un incendio en nuestra casa, aunque en esta ocasión el Jack de esa línea temporal intento salvarlos y murió en ese incendio junto a Emily y Joshua. Yo también intente ingresar a la casa incendiada para salvarlos, pero un pedazo de madera me golpeo a un lado de mi ojo derecho y quede inconsciente en el piso, por desgracia el incendio no me mato a mí.

—Cuando desperté, estaba en un cuarto de hospital, con esta cicatriz en mi rostro, los doctores me ingresaron como si yo fuera el Jack Blair de esa línea temporal, fue cuando me di cuenta que algo raro estaba pasando, ya que a pesar de que mi yo del pasado había muerto yo aún seguía con vida y fue entonces que deduje que ese no era mi pasado había creado un nuevo mundo con copias de cada persona en él, así que decidí hacerme pasar por mi yo de esa línea temporal durante 10 años hasta que el dispositivo del tiempo se recargara de antimateria y fue entonces que volví a viajar al pasado al 5 de febrero de 2140, pero esta vez regrese 1 minuto antes de la primera vez que viaje en el tiempo, de esta manera evitaría encontrarme con mi primera versión que viajo en el tiempo, ya que siempre que se realice un viaje en el tiempo a una fecha y hora anterior a la del último viaje se creara una nueva línea temporal, de esta manera, evite nuevamente el accidente de auto, y unos días después evite el incendio en la casa, no obstante, una semana después vi por tercera vez como mi familia moría esta vez eran atropellados al cruzar una calle, cegado por la rabia asesine al Jack Blair de esa línea temporal, lo enterré en la que era su casa, decidí esperar de nuevo 10 años tomando la vida de ese Jack para pasar desapercibido y planeando como salvar a mi familia una vez más, pasaron 10 años, volví a viajar siempre 1 minuto antes del último viaje y evite los 3 accidentes, no obstante, nuevamente por cuarta vez Emily y Joshua murieron, esta vez en un asalto a manos de un ladrón, no pude evitar ese evento, pero me percate que siempre que morían era por mi culpa o mejor dicho por la culpa de los distintos Jack ya que nunca estaban con Emily y Joshua eso me hizo darme cuenta que no importaba cuántas veces regresara en el tiempo siempre me tocaría ver morir a mi familia una y otra vez, es como si el destino quisiera ver desaparecer a mi familia.

—Nuevamente asesine a mi otro yo, desquite todo el coraje que sentía en aquel Jack. Fue entonces que todo cambio decidí que esperaría nuevamente 10 años tomando su vida, no obstante, esta vez ya no regresaría al año 2140 regresaría muchos años atrás. Si el destino me quitaría a mi familia, esta vez seria a mi manera y si yo no podía ser feliz nadie más tendría esa oportunidad, así que después de que pasaron 10 años viaje nuevamente en el tiempo, en esta ocasión al año 2075, esta vez tenía un plan distinto, yo conocía la ubicación del presidente George Sanders en ese año y fue muy fácil para mi encontrarlo y asesinarlo.

—A partir de ese momento tome la identidad del presidente y en el año 2076 me uní con una persona con bastante sed de poder llamada Tom Rogers, el me ayudo a aislar a la confederación 4 con un par de videos que transmitimos haciendo creer a la población que en ambos lados había ocurrido un accidente nuclear y un atentado terrorista, eso me ayudaría con mis planes para erradicar a toda la humanidad.

— ¿A qué te refieres con erradicar a la humanidad? —Pregunto Jack del presente.

—No te desesperes Jack ya voy a terminar, después de transmitir esos videos asesine a Tom Rogers y tome su identidad con mi dispositivo, deje pasar el tiempo hasta que de nuevo me alcanzo la fecha del accidente en el auto el 5 de febrero del año 2140, pero también evite ese accidente, evite todos los accidentes e incluso evite el asesinato a manos del ladrón, todo con tal de que llegaran a la fiesta de Cronos Corp. en Alaska ¿no se te hace esto familiar Jack?

Jack del presente comenzó a recordar que aquel día que subirían al automóvil estando en estado de ebriedad le habían robado las llantas a su vehículo, el día del incendio se apagó repentinamente, recordó que Emily le conto que alguien los había salvado de ser atropellados en la calle y que unos días después al ir caminando por la calle se encontraron con una persona asesinada que tenía toda la apariencia de ser un ladrón.

— ¿Ya recordaste todo Jack?, yo salve a nuestra familia en esta línea del tiempo también, fue gracias a mí que pudiste disfrutar a tu familia por un mes más.

—Pero, ¿por qué los salvaste tantas veces si después ibas a matarlos en esa avalancha? —Preguntó Jack del presente bastante enojado.

—Es muy fácil, yo quise que esta vez Emily y Joshua murieran en su parte favorita del mundo y que tú los acompañaras, para que no sufrieras todo lo que yo sufrí, después de eso me dedicaría a realizar mis planes para la aniquilación de la humanidad, deberías de agradecerme que tuve compasión contigo, ya que hiciera lo que hiciera ellos de todos modos morirían unos días o unas semanas después por otro evento, eso lo tengo comprobado.

—El día de la avalancha se me reporto la muerte de la mayoría de los asistentes incluyéndote a ti a Joshua y Emily, hubo muchos cuerpos que no se pudieron rescatar por la avalancha, así que creí que también habías muerto en esa avalancha. Fue hasta que comenzaste a investigar sobre las personas desaparecidas en las confederaciones que me di cuenta que estabas vivo, ya que desde el día de la avalancha no he vuelto a lo que ahora es tu casa, y ahora tú has llegado directo a mí para que te aniquile y le de equilibrio a este universo. Creo que el universo quiere que solo exista un Jack Blair, después de acabar contigo, aniquilare a toda la humanidad y este planeta quedara vacío, como el vacío que tengo en mi interior, después de eso podré descansar.

—Así que, es por eso que estabas secuestrando a los sobrevivientes de aquella avalancha, solo estabas terminando lo que empezaste hace 10 años, Incluyendo a mi amigo Anthony. Además, es imposible que tú solo puedas aniquilar a toda la humanidad. —Respondió Jack del presente.

—Claro, no podía dejar a nadie con vida de la primera generación, así que decidí experimentar con ellos y en su última visita a Cronos Corp. modificábamos su suero y los infectábamos con distintas enfermedades, déjame informarte que, si es posible que yo solo aniquile a toda la humanidad, tengo 75 años planeando y organizando esto, y con la ayuda del dispositivo del tiempo lo hare, como ya se los dije en este dispositivo tengo antimateria en gran cantidad. En todos estos años he creado algunos contenedores de antimateria y los he esparcido alrededor del mundo solo basta con que sobre cargue este dispositivo con antimateria para que haga explosión, sin embargo, no será cualquier explosión será una de dimensiones colosales, de tal manera que alcanzara a otro de los contenedores que están cerca de aquí con antimateria y se ocasionara una reacción en cadena, para sobrecargar el dispositivo solo basta con que lo ponga a recolectar más antimateria, en este momento se encuentra al 100% basta con que se sobrecargue un 0.001 % más del límite para que explote, eso tarda alrededor de 1 hora y desde que ustedes entraron al séptimo nivel lo puse a recolectar antimateria, en este momento le queda aproximadamente 10 minutos para que termine de recolectar ese 0.001% después de eso estallara y será el fin de la humanidad. Es interesante ver como un dispositivo que puede darte el control del espacio-tiempo también puede destruir a toda una raza.

— ¡Espera Jack! o ¿debo decir Jack del futuro? —Oliver dio un paso al frente, manteniendo las manos levantadas, para demostrar que no intentaría atacar a Jack del futuro.

—Si de todos modos vamos a morir dentro de 10 minutos, ¿podrías responderme la siguiente pregunta?, ¿cómo es posible viajar en el tiempo?, siempre he tenido esa duda y hoy que estas frente a mí, sé que es posible realizar viajes en el tiempo.

—Creo que puedo cumplir esa última voluntad, de cualquier manera, aquí se termina todo. —Jack del futuro caminó unos pasos y se colocó frente al holograma de la tierra girando y comenzó a explicar con ayuda del holograma.

—Veras Oliver… Este dispositivo del tiempo funciona ubicando vibraciones cuánticas es como un GPS ordinario, pero a nivel cuántico.

¿A qué te refieres, con vibraciones cuánticas? —Preguntó Oliver mientras fruncía el ceño e inclinaba la cabeza.

—Para que lo entiendas mejor, debes de saber primero que nada que la tierra tiene tres tipos de movimientos.

1.- Rotación: Sabemos que la tierra rota sobre su propio eje a una velocidad promedio de 1,700 km por hora.

2.- Traslación: Sabemos que la tierra tarda 365 días con 6 horas para completar su órbita elíptica alrededor del sol a una velocidad promedio de 107,225 km por hora

3.- Traslación del sistema solar o movimiento del universo: El sistema solar no es estático y así como el universo se expande, el sistema solar lo acompaña a una velocidad promedio de 217,215 kilómetros/s.

—Teniendo todos esos datos y teniendo en cuenta que todo cuerpo o toda materia se desplaza por el espacio-tiempo, necesitamos comprender que cada momento de la existencia del universo vibra a una frecuencia distinta y se requiere de un GPS cuántico para ubicar las coordenadas del tiempo.

—Para hacerlo más sencillo para ti, es como si tuvieras un radio y el GPS cuántico es la perilla que cambia las frecuencias, pero el hecho de que cambiemos de frecuencia no quiere decir que la primera frecuencia a dejado de existir solamente se ha ocultado hasta que de nuevo la solicitemos, en términos simples así funciona el GPS cuántico. Si viajara en el tiempo sin un GPS cuántico así tan solo regresara 1 minuto al pasado me encontraría con un problema bastante grave ya que efectivamente viajaría a 1 minuto al pasado, no obstante, llegaría exactamente al punto del espacio-tiempo donde me encuentro ahorita y esto quiere decir que la tierra aun no habría llegado al punto al que yo llegaría en el pasado, ya que le tomaría 1 minuto llegar al punto del espacio-tiempo en el que me encuentro en este momento y por esa simple razón moriría inmediatamente,

—Viajar en el tiempo sin un GPS cuántico es imposible ya que con el GPS cuántico yo sintonizo la frecuencia a la que deseo llegar y eso me da una fecha y un lugar al cual llegar, si ahorita estamos en la confederación 4 yo puedo regresar en el tiempo 10 años y llegar a la confederación 1, esto gracias a que puedo encontrar esas coordenadas de la frecuencia de la vibración.

—Eso suena genial ¿podrías mostrarme un ejemplo? –Dijo muy entusiasmado Oliver.

—Claro ¿por qué no? –Jack del futuro colocó el dispositivo del tiempo en el suelo y comenzó a conversar con Jack del presente.

— ¡Por ejemplo Jack!, ¿no te gustaría viajar en el tiempo a ese día de la avalancha y evitarla para que nuestra familia siguiera con vida?, tan solo tengo que poner las coordenadas de esa fecha y el lugar específico al que deseo llegar en esta pantalla, así como lo estoy haciendo ahorita, claro bastaría con llegar 1 hora antes de los hechos para poder evitarlos, así que modificare las coordenadas nuevamente para llegar 1 hora antes, ahora tan solo bastaría con presionar este botón y podrías viajar al pasado y evitar esa avalancha, pero no importa si lograras evitar su muerte, ellos volverían a morir. Ese es el destino de Emily y Joshua.

Oliver escuchaba atento cada una de las palabras que Jack del futuro decía, no obstante, mientras escuchaba la explicación, al mismo tiempo sujetaba con su mano derecha el silbato que llevaba colgado siempre en el cuello ya que era un tic nervioso que tenía y siempre que pensaba demasiado lo frotaba con su mano, repentinamente... Un recuerdo inundo la mente de Oliver, recordó aquella vez que uso su silbato para llamar la atención de Jack y como este último se desplomo al escuchar el sonido agudo del silbato, ya que Jack tenía una lesión en su tímpano, causada en combate cuando aún era militar.

—He cumplido tú último deseo Oliver, ahora ya sabes todo sobre viajes en el tiempo, en este momento quedan solo 3 minutos para el comienzo del fin de la raza humana, deberíamos de festejar ¿no lo creen? —Les preguntó Jack del futuro con una gran sonrisa en su rostro.

Oliver volteó a ver a Jack del presente y sin pronunciar palabra alguna le mostró el silbato, inmediatamente Jack entendió el mensaje y se tapó los oídos, en ese momento Oliver hizo sonar el silbato provocando que Jack del futuro cayera al suelo, tirando su arma y el dispositivo del tiempo.

Los tres corrieron hacia Jack del futuro y lo sujetaron fuertemente mientras aún seguía en el suelo, sin embargo, en el forcejeo y faltando solo 1 minuto para que todo explotara, Jack del futuro accidentalmente presionó el botón de viaje en el tiempo, provocando que los cuatro viajaran al pasado a la fecha que anteriormente había sido programada.

Capítulo 7
Un suceso inesperado

Alaska, 5 de marzo del año 2140. Un gran destello se puede observar desde lo más alto de una montaña junto a una cabaña abandonada, repentinamente aparecen Emily Oliver y los dos Jack, pero son arrojados varios metros por una fuerte explosión provocada por la sobrecarga del dispositivo del tiempo. Jack, Oliver y Emily se quedaron tendidos en el suelo bastante aturdidos mientras tanto el Jack del futuro salió corriendo con el dispositivo del tiempo, aunque por un descuido olvidó el dispositivo para cambiar el rostro ya que se le había caído en la nieve al momento de ser lanzado por la explosión.

— ¡Olvide decirles que la primera vez que viajan en el tiempo es una sensación horrible! —Les grito Jack del futuro mientras se alejaba corriendo con dirección a un campamento que se veía montaña abajo del lugar a donde habían llegado.

—Vamos Jack levántate, se está escapando. —Le dijo Oliver mientras él lograba ponerse de pie, temblando de frio.

— ¿Hacia dónde se fue Jack del futuro? —Preguntó Emily aún bastante aturdida por la explosión.

—Se fue montaña abajo hacia ese campamento que se ve cerca de aquí. —Respondió Oliver y apuntaba con su mano la dirección por donde había escapado Jack del futuro.

— ¡Maldición!... se nos ha escapado, no podemos permitir que se escape o intentara destruir a toda la raza humana nuevamente –Dijo Jack mientras soltaba un duro golpe a la nieve.

En ese instante, a lo lejos se escuchaba un discurso por unos altavoces.

— ¡No tengo la menor duda! Ese es el discurso del campamento de Cronos Corp. que dio el Presidente Sanders, ¡realmente viajamos en el tiempo! Estamos a una hora antes de que ocurra esa gran avalancha, debemos ir tras mi yo del futuro y detenerlo.

— ¡Espera Jack!, ¿No intentaras salvar a tu familia? —Preguntó Emily, la cual se encontraba temblando de frio al igual que Oliver.

—No lo are Emily, ya que según lo que dijo Jack del futuro si los salvo de todos modos morirán de alguna otra forma, tal vez incluso más horrible y no quiero verlos morir nuevamente, además, al viajar en el tiempo hemos creado una nueva línea temporal por lo que realmente ellos no son mi verdadera familia.

— ¡Estas equivocado Jack! —Respondió Oliver bastante serio.

—Escuche atento la explicación de los viajes en el tiempo que nos dijo Jack del futuro y he concluido que efectivamente nosotros hemos regresado al año 2140 sin embargo, la condición principal para crear una línea temporal nueva es viajar aún más atrás del último viaje que se realizó y si bien recuerdo el último viaje que realizo Jack del futuro lo realizo al año 2075, por lo que esa condición no se cumplió por lo tanto este es tu verdadero pasado, el Jack de este tiempo si eres tú, también he comprendido la razón por la que, aunque Jack del futuro siempre salva a tu familia ellos mueren nuevamente.

Jack se quedó anonadado ante las palabras de Oliver.

—Ellos mueren siempre porque el universo se está autocorrigiendo, te lo explicare de una manera que puedas entenderme:

—Cuando Jack del futuro perdió a su familia en su era a causa del accidente de automóvil, él se culpó durante bastante tiempo, esa culpa lo motivo a registrarse en Cronos Corp. y trabajar en los métodos o posibilidades de viajar en el tiempo, entonces la principal razón de que Jack del futuro puede viajar en el tiempo es porque el perdió a su familia y cada vez que regresa en el tiempo para salvarlos el universo corrige esa paradoja, se ha creado un entrelazamiento cuántico ya que a pesar de no ser su línea de tiempo original en el momento que él llega a una nueva línea, se entrelaza su información con el Jack de esa línea temporal, ocasionando que si la familia de Jack no muere frente a él, jamás podría haber viajado en el tiempo para evitar que murieran, en pocas palabras el Jack de este pasado, el que se encuentra escuchando en este momento el discurso del presidente junto a su familia, tiene que ver morir a su familia para que la paradoja no exista, ya que si ellos no mueren tu no podrías estar ahora mismo en este lugar, recuerda que toda acción conlleva una reacción, sin embargo, esta vez tenemos una gran ventaja a comparación de Jack del futuro.

— ¿Cuál es esa ventaja Oliver? —Preguntó Jack.

— Esta vez tú tienes buenos amigos y te ayudaremos a salvar a tu familia sin que el Jack de este pasado se entere.

— Empezaremos analizando rápidamente lo que está sucediendo: Debemos tener mucho cuidado de no encontrarnos con los otros dos Jack Blair del pasado.

— ¿Estás diciendo que en este momento existen cuatro Jack Blair? —Preguntó Emily asombrada.

—Así es Emily, recuerda que el Jack número uno es el que se está haciendo pasar por el Presidente Sanders, el Jack número dos es el que está en aquel campamento con su familia, el Jack número tres lo tienes a un lado tuyo y el Jack número cuatro es el del futuro, ese es al único que tenemos que atrapar, por ningún motivo podemos dejar que el Jack número uno y el dos vean a cualquiera de los otros Jack, eso provocaría una paradoja y probablemente crearía otra línea del tiempo alterna.

—Eres muy inteligente Oliver. —Dijo Emily entusiasmada y seguidamente le dio un abrazo a Oliver.

—Tenemos una ventaja más... Jack del futuro no puede tomar la apariencia de otra persona ya que olvido su dispositivo para cambiar rostros. —Dijo Oliver mientras levantaba de la nieve el dispositivo para cambiar el rostro.

— ¡Jack! tu deber es atrapar al Jack del futuro sin que nadie los vea, Emily y yo rescataremos a tu familia, solo indícanos en cual precipicio fue al que cayeron o caerán en una hora.

Jack les señalo con el dedo el precipicio en el que cayó su familia.

— ¡Debemos darnos prisa! comencemos a bajar esta montaña, no obstante, antes entremos a esta cabaña parece que está abandonada, tal vez encontremos algo que nos ayude a quitarnos este frio abrumador.

Los tres entraron a la cabaña esperando encontrar algo que les pudiera ser de utilidad.

—Al parecer esta cabaña se utiliza para búsqueda y rescate cuando las personas se pierden o tienen accidentes en la montaña, esta no es época de turistas, es por eso que parece estar abandonada, sin embargo, solo está en espera de los turistas. —Jack les explicó porque la cabaña aparentaba estar abandonada, seguidamente abrió unos lockers donde había radios y ropa térmica.

Cada uno se vistió con ropa térmica, además, también encontraron varios pares de botas para la nieve, las cuales no dudaron en utilizar, una vez vestidos los tres se dispusieron a llevar a cabo el plan que anteriormente habían hecho, sin embargo, cuando estaban a punto de salir de la cabaña, una máquina expendedora llamo su atención, se trataba de una máquina para preparar Crofees.

«No lo puedo creer, por fin podré tomar una taza de Crofee» Pensó Jack y no dudó en preparar tres tazas.

Jack se acercó con Emily y Oliver ofreciéndole una taza de Crofee a cada uno.

—Disfrutemos esta bebida, no sabemos si será la última que podamos beber. —Dijo Jack y segundos después le dio un radio a Emily.

—Con estos radios podremos estar en contacto. —Después de darle el radio a Emily, Jack salió deprisa de la cabaña en busca de Jack del futuro. Al salir de la cabaña encontró una motonieve que estaba estacionada justo a un costado de la cabaña, así que Jack decidió entrar nuevamente a la cabaña para buscar las llaves del vehículo. – ¿Olvidaste algo Jack? –Le pregunto Oliver.

—Afuera hay una motonieve, estoy buscando las llaves, seguramente deben estar aquí. –Respondió eufórico.

Jack no tardó mucho tiempo en encontrar las llaves de la motonieve, las cuales se encontraban junto a unos binoculares sobre una mesa de madera, rápidamente tomo los binoculares, las llaves y salió nuevamente de la cabaña.

– ¡Enciende! Por favor enciende. –Jack suplicaba para que la motonieve encendiera, hasta que por fin logró encender la motonieve.

—Bien ya encendió ahora debo buscar a Jack del futuro.

Jack utilizó los binoculares con los cuales le fue de suma facilidad encontrar a Jack del futuro, el cual llevaba mucho camino adelantado. –Maldición casi ha llegado a la mitad de la montaña. – Dijo Jack, además, logró ver que las personas presentes en el evento de Cronos Corp. ya habían comenzado a subir la montaña.

– ¡Demonios ya están subiendo la montaña! Debo darme prisa. —Sin demorar más tiempo Jack condujo lo más rápido posible para atrapar a Jack del futuro.

Mientras tanto en la cabaña…

Oliver le contaba a Emily, la historia sobre la muerte de la familia de Jack para así poder formular un plan de rescate.

– ¿Cuánto tiempo nos queda antes de la avalancha Oliver?

—Aproximadamente 45 minutos Emily.

– ¿Ya tienes un plan de lo que vamos a hacer Oliver? o ¿aún no sabes?, porque, si no lo sabes, ahorita podemos crear un plan Oliver, ¡Wow! Tengo mucha energía, tengo ganas de correr, vamos corriendo hasta ese precipicio Oliver, salvemos a la familia de Jack, ándale di que sí. —Emily comenzó a actuar de manera extraña y no podía dejar de moverse y su voz cada vez era más acelerada.

– ¿Te sientes bien Emily? De repente estas muy eufórica.

Oliver recordó que en la Confederación 4 no existía el Crofee, por lo que el Crofee que Jack les dio había alterado los nervios de Emily.

—Tranquila Emily, el efecto del Crofee se te pasara en un momento. —Sin embargo, a pesar de las palabras de Oliver, ella no podía esperar un solo instante más, así que tomó unas cuerdas que se encontró en la cabaña y salió corriendo con dirección al precipicio.

—Supongo que ahora todo depende de mí. —Dijo Oliver y seguidamente respiro profundamente para relajarse y así como hizo Emily también tomó algunas cuerdas y un poco de herramienta para alpinismo que logró montar en un pequeño trineo para nieve. «Espero alcanzar a Emily» —Pensó Oliver y salió tras Emily.

«¡Ya pasaron 30 minutos! Por fin llegue al precipicio, sin embargo, no encuentro a Emily por ningún lado, tan solo faltan 15 minutos para que haga aparición la avalancha» —Sorpresivamente, Emily apareció subiendo por el precipicio con la ayuda de una cuerda que había amarrado en una piedra al borde del precipicio.

—Este precipicio es muy profundo Oliver —Dijo Emily, bastante fatigada.

— ¿Bajaste hasta el fondo del precipicio Emily? —Pregunto asombrado Oliver, asomando la cabeza por el precipicio para ver si lograba ver el fondo del mismo.

—No, solo hasta donde llegó la cuerda, sin duda si alguien cae por ese precipicio moriría. —Dijo Emily la cual estaba sentada en la nieve esperando a recuperar un poco de energía.

—Emily tenemos menos de 15 minutos para hacer un plan y evitar que la familia de Jack muera.

—Estoy al tanto de eso Oliver, ahora que se me paso el efecto de ese Crofee puedo pensar más claramente, cuéntame de nuevo la historia de Jack sobre como perdió a su familia, ¡se específico por favor! —Emily se puso de pie y se dirigió al trineo que trajo Oliver, mientras escuchaba la historia nuevamente de cómo murió la familia de Jack.

—Que triste es esa historia, aunque ahora que sabemos lo que pasará, podemos evitarlo y arreglar la vida de Jack. —Emily agarro todas las cuerdas que estaban en el trineo y le dijo a Oliver:

– ¡Oliver tengo un plan! Ayúdame a amarrar estas cuerdas, descenderemos en el precipicio hasta que desde arriba Jack y su familia no puedan vernos, en ese punto esperaremos a que todo suceda, estando lo más abajo posible nos afianzaremos de la montaña con las cuerdas y cuando veamos que la familia de Jack cae al precipicio nosotros saltaremos y cada uno de nosotros atrapara a una persona, yo intentare atrapar a la esposa y tú al hijo. Comencemos a descender, ya deben faltar solo 10 minutos para que la avalancha aparezca.

— ¡Agáchate Emily! —Oliver tiró al suelo a Emily bruscamente sujetándola del brazo.

— ¿Qué te pasa Oliver, por qué me tiras? —Silencio Emily, solo mira en esa dirección. —Oliver señalo en una dirección con su mano, para que Emily comprendiera porque la había derribado.

En ese momento Jack y su familia pasaron a unos pocos metros de distancia de Oliver y Emily, ellos se dirigían montaña arriba con dirección a la cabaña.

—Debemos darnos prisa Emily, nos queda poco tiempo.

Emily y Oliver comenzaron a descender por la cuerda que anteriormente Emily había amarrado a una piedra, cada uno llevaba más cuerdas ya que las necesitaran para dar el salto final, sin embargo, Oliver pensó que si el Jack del pasado no era avisado del peligro podrían morir incluso en un lugar diferente, así que decidió subir nuevamente.

—Emily tú sigue bajando, yo te alcanzo en un momento, tengo que avisarle a Jack del peligro. —Oliver subió nuevamente por la cuerda para alertar a Jack.

—Maldición... Debe faltar menos de 5 minutos para que la avalancha aparezca, ¿dónde estará Jack y su familia? —Oliver logró ver a Jack y su familia, los cuales se encontraban montaña arriba descansando y comiendo.

— ¡Hey ustedes!, ¡Corran!, ¡Huyan!, ¡Escapen! —Oliver grito lo más fuerte que pudo, sin embargo, sus intentos no lograban atraer la atención de Jack, fue entonces que respiro profundamente y con toda la energía que le quedaba hizo un último esfuerzo para llamar la atención de Jack, sorpresivamente su esfuerzo dio resultados positivos ya que en ese momento Jack del pasado volteó y vio a Oliver, sin embargo, fue demasiado tarde... Una gran explosión se observó desde el punto más alto de la montaña provocando la tan esperada y temida avalancha de la muerte.

— ¡Maldición! Debo regresar con Emily o también quedare atrapado en la avalancha. —Oliver corrió rápidamente al ver que la avalancha ya venía en camino hasta que llegó de nuevo al precipicio, agarro las sogas y comenzó a descender nuevamente.

«En este momento agradezco esas clases de rapel que tome en mi niñez» —Gracias a ese conocimiento Oliver logró descender rápidamente hasta llegar con Emily.

— ¿Dónde estabas Oliver?

— ¡Emily la avalancha está a punto de llegar a este punto!, pégate al muro y sujétate fuerte. —En ese momento una gran cantidad de nieve cayó por el precipicio y en lo alto se podían escuchar algunos gritos desesperados.

—Papá ayúdame por favor no me sueltes.

—Sujétate fuerte Joshua, no te soltare lo prometo.

Al escuchar los gritos Oliver le dijo a Emily que se preparara, ya que la primera que caerá será la esposa de Jack. Emily afianzo la cuerda al muro del precipicio con ayuda de las herramientas que Oliver tenía en el trineo, por último, se colocó un arnés. Mientras tanto... arriba se podía escuchar el sufrimiento de Jack.

— ¡No Emily no lo hagas! ¡No te sueltes por favor Emily!

Oliver escuchó las palabras de Jack y con el conocimiento de lo que estaba a punto de suceder alerto a Emily para que estuviera atenta, ante la inminente caída de la esposa de Jack.

— ¡Prepárate Emily la esposa de Jack está a punto de caer!

Segundos después la esposa de Jack cayó al precipicio, Emily y Oliver estaban a la espera de que apareciera en su campo de visión.

—Ya la vi. —Dijo Emily y rápidamente calculó la distancia que le faltaba a la esposa de Jack, para llegar hasta el punto donde ella se encontraba, justo cuando estaba por pasar a su costado Emily saltó en caída libre para atrapar a la esposa de Jack, logrando exitosamente cumplir con su misión.

— ¡Te atrape! —Gritó de felicidad Emily al atrapar a la esposa de Jack, la cual por la impresión se había desmayado, aunque aún seguían cayendo en caída libre, rápidamente Emily frenó la cuerda y detuvo la caída dejándolas colgando de la misma.

«Buen trabajo Emily, ahora es mi turno, el hijo de Jack esta por caer. ¡Sin duda lo atrapare!» —Pensó Oliver y quedo atento a lo que sucedía con Jack y Joshua, desde arriba se podía escuchar a Jack, lamentándose y gritando los nombres de Joshua y Emily.

—Puedo ver al hijo de Jack. —Murmuro Oliver y calculó la distancia al igual como lo hizo anteriormente Emily al salvar a la esposa de Jack, cuando Joshua estaba a punto de llegar al punto donde se encontraba Oliver este último decidió saltar al precipicio, sin embargo, no logró atrapar a Joshua, solo logro que se golpearan accidentalmente uno contra el otro, Emily vio la falla de Oliver y trato de sujetar a Joshua cuando paso a su costado, aunque no logro hacerlo ya que seguía sujetando a la esposa de Jack. Joshua y Oliver continuaron en caída libre por el precipicio, Oliver un poco aturdido por el golpe, logró abrazar a Joshua e inmediatamente la cuerda llegó a su fin frenando la caída de ambos y columpiándolos como si de un péndulo se trataran golpeándose en repetidas ocasiones contra los muros del precipicio, a pesar de tantos golpes Oliver se mantuvo firme y no soltó a Joshua.

—Te atrape… Definitivamente hoy no morirán. —Dijo Oliver casi sin aliento, al parecer Joshua también estaba desmayado por la impresión de la caída.

— ¿Ahora qué hacemos Emily? —Pregunto Oliver, ya que él estaba incapaz de realizar algún movimiento.

—Intentare localizar a Jack por medio del radio que me dio en la cabaña, para que venga por nosotros. —Respondió Emily, y saco el radio.

10 minutos antes...

— ¡Maldición!... Solo faltan 10 minutos para que aparezca esa avalancha no puedo permitir que se escape mi yo del futuro, tengo que atraparlo antes de que aparezca la avalancha o antes de que llegue al campamento de lo contrario se escapara o peor aún podría encontrar al Jack que se está haciendo pasar por el presidente, eso ocasionaría la creación de otra línea temporal y los esfuerzos de Emily y Oliver para rescatar a mi familia serian en vano. Nuevamente Jack observo a través de los binoculares en búsqueda de su copia del futuro, la búsqueda dio resultados inmediatos ya que precisamente en ese momento logró encontrarlo, el cual estaba a punto de llegar al campamento. Jack acelero al máximo y después de unos minutos alcanzo al Jack del futuro, Jack saltó de la motonieve en movimiento cayendo encima de Jack del futuro, ambos comenzaron una feroz batalla cuerpo a cuerpo.

—Entiende, tú no puedes ganar yo soy el Jack Blair original tú eres solo una copia barata que se creó por error. —Dijo Jack del futuro mientras golpeaba en repetidas ocasiones el rostro y el hombro herido de Jack.

—En este momento corregiré el error que cometí hace 10 años al no comprobar tu muerte, en esta ocasión me asegurare incluso hasta de enterrarte. —Jack del futuro continúo golpeando a Jack.

— ¡Ríndete! Ya no tienes energía, pasaste por muchos problemas en el infierno, me sorprende que aun puedas seguir luchando. –Dijo Jack del futuro, abrumado por ver como Jack se levantaba una y otra vez.

— ¡Me levantare todas las veces que sean necesarias si con eso puedo salvar a mi familia! —Dijo Jack mientras limpiaba la sangre de su rostro y trataba de ponerse de pie una vez más.

—Tal vez yo solo sea una copia y tú seas el original, sin embargo, tú ya perdiste la esencia, eso que te hacia único ¡ahora lo tengo yo!

— ¿Cuál es esa esencia que según tú he perdido? —Preguntó Jack del futuro y de nueva cuenta le propino un golpe a Jack.

—Perdiste la esencia de luchar por aquellos que amas y una persona sin esa esencia jamás podrá vencerme. —Jack escupió un poco de sangre a los pies de Jack del futuro, seguidamente se puso de pie sujetando con su mano derecha los binoculares y repentinamente lanzo un golpe rápido, el cual logró acertar en el rostro de Jack del futuro dejándolo tirado en la nieve, acto seguido una fuerte explosión se escuchó en lo alto de la montaña. Jack se colocó los binoculares y logró ver como Oliver era aquella persona que trataba de decirle algo hace 10 años, sin embargo, no pudo entender lo que le dijo aquel día. —Recuerdo este momento... así que después de todo este tiempo siempre fuiste tú Oliver. —Dijo con una gran sonrisa.

Después vio como la avalancha embistió a su familia hasta que ya no pudo verlos más, Jack no contaba con que la avalancha no terminaría en ese lugar, ahora la avalancha se dirigía hacia el punto donde se encontraban luchando los dos Jack.

—Te lo dije, no importa lo que hagas, Emily y Joshua siempre morirán. —Dijo Jack del futuro mientras seguía tirado en la nieve, sin embargo, repentinamente comenzó a sonar el radio que Jack había tomado en la cabaña.

— ¿Me escuchas Jack? ¡Responde Jack!

— ¡Es Emily! —Jack intentó responder, aunque su intento fue inútil, ya que el radio se había roto cuando salto de la motonieve.

—Jack, tenemos a tu familia ven por nosotros, estamos colgando en el precipicio, no resistiremos por mucho tiempo. —Fue el último mensaje que se escuchó por el radio y después solo había estática.

Jack no podía creer lo que acababa de escuchar y de la emoción se inclinó y comenzó a llorar.

— ¿Que estás haciendo?, ¿no estás viendo que la avalancha ya viene en camino? —Jack del futuro llevo la motonieve hasta donde se encontraba Jack llorando.

—Vete Jack, Huye antes de que llegue la avalancha a este lugar, al parecer tenías razón. Ahora tú tienes la esencia, creo que tener amigos puede hacer la diferencia, tal vez ahora todo sea distinto, tú me has hecho recordar porque inicie este viaje.

— ¡Ten, necesitaras esto también! —Jack del futuro le entregó el dispositivo del tiempo.

—Utiliza la batería de iones del dispositivo que sirve para cambiar el rostro, te servirá como batería de respaldo, con eso podrás hacer funcionar el dispositivo del tiempo, sin embargo, esa batería solo te proporcionará una oportunidad para viajar máximo 10 años en el tiempo, vuelve a tu tiempo y llévate a Emily y Joshua contigo, ahora vete Jack.

— ¡Ven conmigo, juntos encontraremos la manera de solucionar tu vida!

—Es muy tarde para mí, además, ya viví demasiados años más de lo que cualquier ser humano ha vivido.

— ¡Vete Jack! Cuida a Joshua y a Emily, cuéntales la historia del porque hoy están vivos.

Jack subió a la motonieve y huyó a toda velocidad, mientras que por el retrovisor seguía viendo a Jack del futuro, hasta que la avalancha alcanzó la posición de aquel Jack cubriéndolo totalmente. Después de 5 minutos la avalancha había terminado y Jack se había salvado.

—Debo ir con Emily y Oliver. —Murmuro Jack y sin perder más tiempo se dirigió nuevamente montaña arriba hasta llegar al precipicio en el cual lo esperaban Emily y Oliver, sin embargo, al llegar al lugar se quedó anonadado, ya que el Jack del pasado se encontraba desmayado casi a punto de caer al precipicio, atorado solo por el arnés que anteriormente había colocado Emily.

—Así que, también fue gracias a ellos que me salve. —Dijo Jack sonriendo, después se acercó lentamente a la orilla del precipicio para arrojar una soga, la primera en intentar subir es Emily con la esposa de Jack, no obstante, Jack se percató que pesaban demasiado para subirlas él solo, así que decidió amarrar la soga a la motonieve y poco a poco aceleró para sacar a las dos mujeres del precipicio, después de un breve tiempo logró sacarlas exitosamente y repitió el procedimiento con Oliver y Joshua.

—Jack debemos irnos antes de que el Jack del pasado despierte. —Dijo Oliver, apresurando a Jack para alejarse lo antes posible.

—No puedo dejarlo solo ahí colgado, a punto de caer. —Respondió Jack, bastante triste.

—Lo siento Jack, debemos dejarlo colgado, no podemos intervenir ya que en tu pasado eso fue lo que ocurrió, sabemos que estará bien y que lo encontraran, si lo despertamos modificaremos la línea del tiempo y se creara una nueva línea temporal.

— ¿Aún no te das cuenta Jack? Todo esto ya paso en tu pasado, la razón por la que nunca encontraron los cuerpos de tu familia fue porque nosotros los rescatamos, la historia está siguiendo su curso natural, debemos permitir que el Jack del pasado piense que ha perdido a su familia, de esa manera en 10 años el repetirá la historia de C4, el infierno y podrá viajar en el tiempo para volver a recatarlos, ¡hemos creado un bucle infinito!

—Con esto la paradoja de Jack del futuro llegara a su fin.

—Comprendo Oliver, entonces vámonos antes de que Emily y Joshua despierten. —Jack y Oliver colocaron a Joshua y a la señora Blair en la motonieve, para después retirarse del lugar. Jack no pudo evitar voltear atrás y sentir lastima por aquel Jack que estaba colgado en el precipicio.

«Sé por todo lo que pasaras, pero un día todo valdrá la pena» —Pensó Jack mientras se alejaban.

— ¿Qué paso con Jack del futuro? —Preguntó Oliver.

—En el camino les contare todo lo que sucedió. –Durante el trayecto, Jack les conto todo lo que había sucedido con Jack del futuro y después de unas horas llegaron a un lago congelado.

—Esperemos aquí hasta que despierten Joshua y Emily. –Dijo Jack, justo en ese instante… A lo lejos, vio pasar a la pareja que salvo su vida en el pasado, cuando estaba colgado en el precipicio.

— ¡Oliver hazme un favor y avísale a esa pareja que va caminando sobre la avalancha y diles que te pareció ver que alguien colgaba de un precipicio dale la ubicación exacta por favor! –Oliver inmediatamente entendió de qué se trataba y salió corriendo en dirección a la pareja.

Después de unos minutos de silencio, Jack decidió aprovechar la oportunidad de quedarse a solas con Emily para platicar con ella.

—Emily tengo que darte las gracias por todo lo que hiciste por mi familia.

— ¡Descuida!, no tienes nada que agradecer Jack, sin embargo, realmente no lo hice por tu familia, lo hice por ti.

Jack se quedó sorprendido ante las palabras de Emily.

— ¡Jack tengo que confesarte algo! Lo que pasa es que durante estos días y en especial durante el día de hoy con tantas aventuras y después de que me salvaste la vida, ha despertado un sentimiento dentro de mí y es que yo me ena…

– ¡Ya regresé Jack! –En ese momento Oliver había regresado con Jack y Emily, después de pedirle a la pareja que ayudara a la versión de Jack que estaba colgado en el precipicio.

—Listo Jack ya les dije, me dio gusto conocer a las personas que te rescataron y te regresaron las ganas de vivir. –Dijo Oliver sonriendo y justo después la esposa de Jack comenzó a recuperar el conocimiento.

— ¿Qué pasó?, ¿dónde estoy?, ¿estoy muerta?, ¿quién eres tú? –Le preguntó la Sra. Blair a Emily.

–Tranquila, mi nombre es Emily, no estás muerta solo te desmayaste cuando caíste por aquel precipicio.

— ¡Precipicio! —Emily se levantó bruscamente al recordar todo lo que había sucedido.

— ¿Dónde están Jack y Joshua? —Pregunto desesperada sacudiendo a Emily por los hombros.

Jack caminó hacia Emily, al llegar junto a ella colocó una mano sobre su hombro para calmarla, al sentir la mano de Jack sobre su hombro se dio media vuelta y pudo ver a Jack.

— ¡Aquí estoy Emily! —Dijo Jack e inmediatamente la abrazó de manera impetuosa, Jack no podía dejar de llorar, su alegría era inmensa en ese momento.

—Eres incluso más hermosa de lo que recordaba. —Dijo Jack sin dejar de llorar abrazándola aún más fuerte.

— ¿Papá? —Se escuchó la voz de Joshua el cual acababa de recuperar el conocimiento y al ver a sus padres abrazándose, inmediatamente se unió al abrazo familiar.

—Los extrañe mucho. —Dijo Jack y besó en la frente a Joshua.

— ¿Que te sucede Jack?, parece que no nos hubieras visto desde hace años. —Dijo Emily confundida.

—Así es Emily, exactamente eso fue lo que paso. —Respondió Jack mientras secaba sus lágrimas.

Jack les contó a Emily y a Joshua toda la historia por lo que tuvo que pasar desde que tuvieron el accidente en el precipicio, cuando lo enviaron a la confederación 2 y todas las aventuras que vivió junto a Oliver y Emily, por otro lado, Oliver y Emily se alejaron un poco para no interrumpir el reencuentro familiar.

— ¿Te encuentras bien Emily? Te noto algo triste. —Le pregunto Oliver.

—Estoy bien Oliver es solo que… —Emily se quedó en silencio unos segundos. —Me acabo de dar cuenta de algo que no podrá ser. —Respondió Emily mientras miraba a Jack feliz, conversando con su familia.

—Vamos, regresemos a escuchar la historia. —Dijo Emily.

— ¿Hiciste todo eso por nosotros papá? —Preguntó conmovido Joshua y acto seguido abrazo a Jack.

—Al principio solo estaba investigando sin tener idea de todo lo que estaba ocurriendo, sin embargo, cuando me enteré del acto terrorista en Alaska apareció mi sed de venganza, aunque esos eventos me trajeron hasta este lugar y pude rescatar a mi familia, como último acto de redención de Jack del futuro nos regaló el viaje de vuelta al futuro, al que yo llamo presente.

— ¿Entonces es hora de regresar a nuestro tiempo Jack? –Preguntó Oliver.

—No, aún falta algo por hacer, debemos ir a mi casa, pero a mi casa de este tiempo. –Los cinco emprendieron de inmediato el viaje directo a la casa de Jack.

Utilizando el dispositivo para cambiar la apariencia Jack, Joshua y Emily Blair, cambiaron sus apariencias físicas por las de otras personas para evitar ser detectados o quedar registrados en las terminales del tren. Al día siguiente, los cinco llegaron a la casa de Jack.

— ¿Ahora si nos vas a decir que estamos haciendo aquí? —Preguntó Oliver bastante cansado de tanto viajar.

—Oliver entendí lo que tenía que hacer cuando me dijiste que todo esto ya había pasado, incluso esto que estamos haciendo ahorita ya paso en nuestro pasado.

Jack entró a su recamara y sacó un silbato de uso militar que tenía guardado.

— ¿Reconoces este silbato Oliver? —Oliver sujeto el silbato que llevaba colgado y al compararlo con el de Jack se dio cuenta que era el mismo silbato.

— ¿Cómo puede ser posible esto?, ¿entonces tú lo dejaste en mi puerta adentro de ese sobre?

— ¡No, yo no fui! —Respondió Jack con una sonrisa.

—Tu dejaras este silbato en la puerta de tu casa ¿sabes que palabras debes escribir verdad?

Oliver afirmo con la cabeza, tomo el silbato y salió de la casa.

— ¡Estaremos esperándote aquí! –Le grito Jack a Oliver mientras veía como se alejaba corriendo. Después de una hora Oliver regresó a la casa de Jack, había cumplido con éxito la tarea que le había encomendado.

—Está hecho Jack. —Dijo Oliver alegremente.

—Entonces ahora sí, regresemos juntos a nuestro tiempo.

— ¡Pero… este es nuestro tiempo! –Respondió Joshua, frustrado. — ¿Qué pasará contigo?, me refiero con tu otra parte que dejamos colgado.

—No te preocupes Joshua él y yo somos la misma persona, el estará bien, sin embargo, necesitamos llevarte a ti y a tu mamá al futuro porque no pueden quedarse en este tiempo o de alguna manera el universo encontrara la manera de corregir la paradoja.

—Entiendo papá, ¡entonces veamos como es el futuro dentro de diez años!

Jack le quitó la batería de iones al dispositivo para cambiar el rostro y la introdujo dentro del dispositivo del tiempo.

—Jack del futuro me dijo que hiciera esto, ahora solo tenemos que poner las coordenadas, pero esta vez viajaremos a 1 minuto después de que nuestras versiones de 10 años en el futuro viajen al pasado, así no crearemos más paradojas, pondré las coordenadas en el GPS cuántico para que lleguemos a nuestra casa y no al infierno.

Jack realizo todos los preparativos y acciono el botón para viajar en el tiempo, en ese instante una bola de energía cubrió por completo a los cinco, sin embargo, una fuerte explosión los hizo volar por la casa estrellándolos contra los muros.

— ¿Qué pasó?, ¿están todos bien?, creo que algo salió mal Jack. –Dijo Oliver mientras se levantaba y se agarraba la espalda en señal de dolor.

— ¿Seguimos en el año 2140? –Preguntó Joshua e inmediatamente después alguien toco a la puerta.

— ¡Shh! cállense no hagan ruido. –Dijo Jack, mientras se dirigía lenta y sigilosamente a la puerta para ver de quien se trataba.

— ¿Jack estas ahí? –Se escuchó desde el otro lado de la puerta.

—Esa voz la reconozco, es la voz de Carol. –Dijo Jack y decidió abrir la puerta.

— ¡Carol que felicidad verte! –Jack recibió con un gran abrazo a Carol.

— ¿Te sucede algo Jack? Tienes muchos días sin presentarte a trabajar al periódico, pensábamos que te había sucedido algo malo, estábamos preocupados por ti y ahorita iba pasando afuera de tu casa y vi una explosión por las ventanas de tu casa ¿está todo bien? –Pregunto Carol preocupada.

— Carol antes de que sigas hablando respóndeme una pregunta por favor y después te contare todo lo que quieras.

—Está bien Jack ¿cuál es tu pregunta? –Preguntó Carol confundida.

— ¿Me podrías decir la fecha de hoy incluyendo el año por favor?

—Eso es algo sencillo de responder, hoy es el día 5 de marzo del año 2150.

Epílogo

— ¿Por qué hemos regresamos a Alaska Jack? —Preguntó Oliver, el cual junto con Jack estaban parados en el lugar donde había quedado enterrado Jack del futuro.

—Porque ya paso una semana desde que regresamos al presente aquí a nuestro tiempo y aquí en Alaska hace 10 años murió un hombre que nos dio muchos problemas, no obstante, fue gracias a él que pude recuperar a mi familia y murió sin que pudiera agradecerle, así que hoy vengo a dedicarle unas palabras…

Jack se hincó en la nieve y dijo unas breves palabras:

—Hoy estoy aquí con sentimientos encontrados, por tu culpa perdí a uno de mis mejores amigos, sin embargo, también al final me ayudaste a salvar a mi familia y aunque no puedo comparar el valor de una vida sobre otra hoy quiero agradecerte por salvar a mi familia, yo me encargare de cuidarlos de ahora en adelante, esta vez estaré presente en cada momento para que nada les ocurra y aunque no me agrade mucho la idea, cada vez que me mire al espejo te veré ahí.

—Hasta luego Jack… descansa en paz.

Jack se puso de pie y junto con Oliver se retiraron caminando del lugar, sin percatarse que desde lejos una persona misteriosa los observaba…

Made in the USA
Middletown, DE
18 July 2022

69660948R00082